너는 어때?

KB193334

사람을 살리는 곳에서 보내온
12명의 진심 어린 안부

너는 어때?

김진수, 강보민, 김기성, 김유성, 서종한, 손지현
이현경, 정성안, 정혁상, 주신애, 차문영, 홍준영

🍃 북마크

CONTENTS

3장. 秋, 겸손을 말하다

4장. 冬, 따스함을 나누다

너의 오늘은 어때?

강보민

시간이 도망가는 줄도 모른 채 일상을 살아가다 보면 번아웃은 발소리도 내지 않고 몰래 찾아와 우리의 몸과 마음을 야금야금 갉아먹는다. 몰래 온 손님은 반갑지 않다. 당황스러울 뿐이다.

나는 번아웃을 일종의 무력감 정도로 치부했다. 고작해야 나약한 감정 따위, 그에 지지 않으리라 자부했다. 하지만 무참히 져버린 나는 누구보다 처참하게 무너졌다.

나의 오늘이 무겁고 다가올 내일이 무서웠다.

어쩌면 나는 무작정 버티다 보면 그 끝엔 행복이 있을 거라는 막연하고 희미한 희망에 속아 버티고 버티기만 한 것일지도 모른다. 이곳에서 나만 버텨내고 있는 것인지 궁금해졌다. 나에게 일어나는 일들이 다른 이들에게도 일어나고 있는지 궁금해졌다.

나와 다른, 오늘의 이야기가, 하루가, 일상이 궁금해졌다.

그렇게 나는 다른 사람들이라도 만나보고자 조직문화 개선을 위한 프로젝트인 '컬쳐보드'를 시작하였고, 그곳에서 소중한 사람들을 만나 그들과 또다시 새로운 시작을 하였다. 다양한 직종의 사람들과 서로의 이야기를 나누고 글로 표현하는 모임을 기획하였고, 연세의료원이 이를 실현해 주었다.

그렇게 탄생한 '글EG' 모임.

나의 오늘에, 나의 일상에 소중한 사람들이 더 늘어났다.

더 이상 무력하지 않다. 힘이 생겼기 때문이다.

기댈 곳이 필요한 사람들에게,

오늘을 버텨내고 있는 사람들에게,

나의 이야기, 아니 우리의 이야기를 들려주고 싶다.
또 그들의 이야기가 듣고 싶다.

저의 오늘을 한 단어로 표현하자면
저의 오늘은 '힘'이었습니다.
당신의 오늘이 궁금합니다.

너의 오늘은 어때?

사람을 살리는 곳에서 보내온
12명의 진심 어린 안부

손지현

　직원 수만 약 1만 명인 대형 종합병원 신촌 세브란스, 그곳에서는 어떤 사람들이 어떻게 일하고 있을까. 수많은 부서가 있는 곳인 만큼 만날 접점이라고는 거의 없는 12명이, "우리의 이야기로 책 만들기"라는 주제로 모였습니다.

　이름도, 나이도, 직종도, 직급도 비공개에 부친 채로 '글EG'라는 모임 안에서 자신의 내밀한 이야기를 펼쳐가기로 했습니다. 3개월간 2주에 한 번, 귀중한 주말을 반납하고 모여서 육성으로 써온 글을 담담하게 혹은 떨리는 마음으로 읽어간 시간. 사회에서 붙여진 이름을 벗어 던지고 자신이 직접 지은 닉네임으로 불렸던 3개월.

　나이를 모르기 때문에 친근함과 동시에 존중할 수 있던 순간. 서로를 몰랐기 때문이라는 이유로 편견 없이 이해하고 알아갈 수 있는 경험. 모두 다른 부서이지만 같은 곳에서 일한다는 공통점으로 단단하게 연결되는 체험. 사회에서 만나 인간 대 인간으로 이처럼 진솔하게 서로를 향

할 수 있을까 싶던 순간이 기적처럼 이어졌습니다.

책 한 권을 함께 쓰는 글쓰기 동료가 된 이들은 책을 엮기 위해 두 가지 주제로 에세이를 썼습니다. 첫 번째 주제는 서로를 모르던 이들이 드디어 정체를 밝히는 자기소개 타임입니다. 병원 안에서의 모습과 병원 밖에서의 다채로운 일상을 동시에 담아본 [세브 人 & Out]. 두 번째 주제는 생과 사를 오가는 곳에서 일한다는 업무적 특수성을 담아 생의 고유성을 마주보는 [유언]을 작성해보기로 합니다.

다만, 유언이라는 단어가 죽음 앞에 이르러 하는 말뿐 아니라 다양한 뜻을 가지고 있기 때문에, 그 뜻 중에서 하나를 골라 자유롭게 마음을 담았습니다. 죽음 앞에 남기는 말(遺言), 말이 있음(有言), 깊고 그윽한 말(幽言) 등 여럿 중에서 어떤 뜻을 선택하고 어떻게 풀어냈는지 따라가다 보면 이들이 어떤 마음으로 삶을 생생하게 매만져가고 있는지 발견할 수 있습니다.

세브란스의 구성원이 세브란스 안과 밖에서 어떻게 살아가고 있는지 궁금한 이들에게는 그 궁금증이 조금이나마 해소될 것입니다. 삶에 조금 지치거나 위로가 필요한 이들이라면 '글EG'팀이 그러했듯 이야기 속에서 타인을 이해하고, 자신을 발견하며 위안받았던 경험을 마주하실 수 있기를 바랍니다. 사람을 살리는 곳에서 자신을 살림과 동시에 서로를 살리며 적어 내려간 12명의 진심을 전합니다.

2023년 12월 한해를 보내며

春

|1장| 그리움을 전하다

사랑을 알려준

당신이 참 소중합니다.

강
보
민

Spring

은혜로 사는

또 알람이 시작되었다. 한 다섯 번쯤, 아니 어쩌면 일곱 번쯤은 알람이 요란하게 울리고 난 후에야 무거운 눈꺼풀을 치켜들고 무거운 몸을 천천히 일으켜 본다. 나는 오늘도 어김없이 남들보다 이른 새벽에 쌀쌀한 공기를 마시며 적막한 길을 나선다. 아침 기상부터 목적지 도착까지 걸리는 시간은 30분 남짓이다. 고작 그 짧은 거리를 걷는 다리마저 무겁고 버거워 힘없이 터벅터벅 걸어간다.

드디어! 겨우 목적지에 도착했다. 엘리베이터 문이 열리고 스크린도어를 통과한 나는 제일 먼저 어떤 한 할아버지를 만났다.

그는 축 늘어진 한쪽 다리를 이끌고 다소 어설프지만, 꽤 당차게 복도 한쪽 끝자락을 누비고 있다. 힘을 주면 줄수록 파르르 떨리는 다리는 그의 의지와는 전혀 상관이 없다. 보행기의 도움 없이는 한 발짝 떼는 것조차 쉽지 않지만, 이 정도는 별거 아니라는 듯 그는 해맑은 미소를 보인다.

그때, 누군가가 웃음기 없이 자기 몸만 한 휠체어에 앉아 바퀴를 굴리며 그를 지나쳐 간다. 커다란 바퀴의 양쪽 끝자락을 쥐고 있는 그녀의 팔이 더욱 앙상해진다. 그와 그녀는 서로 익숙한 듯 가벼운 눈맞춤으로 아침 인사를 나눈다.

단 두 명만 마주했을 뿐이지만 이쯤에서 나는 느낄 수 있다. 오늘 아침 고작 30분 남짓한 시간 동안 내가 겨우 감당했던, 천근만근 같던, 내 두꺼운 몸덩이는 이들이 지탱하고 있는 몸의 무게 어쩌면 삶의 무게에 비하면 참 가벼운 것임을 깨닫는다.

배경만 바뀐다면 그와 그녀는 웃음 많은 할아버지와 조금 무뚝뚝한 어여쁜 여인이 되겠지만, 이곳에 있는 순간만큼은 속절없이 모두가 환자가 되는, 여기는 병원이다.

그렇다. 나는 세브란스병원 재활 간호팀 병동 간호사이다.

우리 환자들은 주로 뇌와 척수 손상으로 인해 인지 또는 신체 기능에 손상을 입은 환자들이 대부분이다. 그런 환자들의 신체와 정신을 최대한 회복시켜 일상생활이 가능하도록 돌보는 것. 그것이 재활 간호사의 역할이다.

즉 그게 바로 나의 일이자 업이다. 이런 간호학적 측면으로 접근할 때마다 나는 늘 수많은 물음표에 부딪히게 된다. 이곳에 있는 환자와 보호자들에게 나는 어떤 도움을 줄 수 있는가, 어디까지 도와줄 수 있는가, 아니 내가 과연 도움이 되기는 할까? 수많은 물음표를 머리에 한가득 숨겨둔 채 환자, 보호자와 눈이 마주친다. 나는 더더욱 긴장되고 조심스러워진다.

분명 나를 향해 웃고 있지만 그들의 눈동자는 다소 지쳐있다.

아니. 상당히 지쳐있다. 그들의 눈을 마주 보고 있으면 나는 감히 헤아릴 수 없는 고단함과 무게감을 느끼게 된다. 물론 그것마저 그들이 느끼는 것들의 반의반. 아니. 반의반의 반도 되지 않을 거란 것 또한 알 수 있다. 마음이 시큰거린다.

환자들도 느꼈던 것일까. 나의 뻣뻣함과 부자연스러움을? 나는 처음엔 알지 못했다. 이런 어쭙잖은 공감은 그들에게 그냥 같잖은 측은지심과 동정심으로 보일 수 있다는 것을. 내가 노력하며 써왔던 마음은, 내가 노력하며 해왔던 일들은 그들에게 있어 단지 혈압 재기, 약 가져다주기, 까다로운 요구사항 들어주기 등과 같은 단순노동에 불과했다. 환자와 보호자들과 가까워지려고 다가갈수록 오히려 멀어지고 있는 것 같았다.

어느 날이었다.

우리 환자가 이제 비위관을 빼고 입으로 밥을 먹을 수 있다.

어느 날이었다.

우리 환자가 어제보다 오늘, 딱 한 걸음 더 내디뎠다.

기뻤다. 행복했다. 환자, 보호자 그리고 나. 모두가 함께 기뻐했다.

그들도 느꼈던 것일까. 자신의 회복이 나의 기쁨이 되었다는 것을. 내가 노력하지 않고도 쓰게 된 이 마음을, 이 자연스러운 감정을 알아주었다. 나는 그제야 알 수 있었다. 그들이 원하는 것은 조심스러운 마음이 아니라 응원하는 마음이라는 것을. 이들에게 도움이 될 수 있는 방법을 찾았다. 나는 온 마음을 다해 그들의 회복을 응원하고 격려한다.

환자와 보호자의 서러움에 손을 꽉 잡아주기도 하면서,

환자와 보호자의 기쁨에 손뼉을 마주쳐 주기도 하면서,

나는 그들을 감히, 돌보고 있다.

어느 날이었다. 나는 진짜 재활간호사가 되었다.

물론 간호사가 아닌 나도 존재한다. 그냥 온전한 나로 돌아가는 시간. 퇴근이다!

병원 밖에서의 난 모든 것에 감사하며 또 다른 일상을 살아간다. 매사에 위기가 찾아오는 나에겐 매사에 감사하기란 나에게 있어 수학이나 과학 같은 것이다. 너무 어렵기 때문이다. 그렇다고 해서 내가 마주하는 환자들의 안타까운 상황을 떠올리며 함부로 위안받지 않는다. 남의 아픔을 나의 위로로 삼을 수 없기 때문이다.

내가 먹고, 보고, 말하는 것.

이 당연하고 자연스러운 모든 일들이 누군가에는 어쩌면 기적 같은 일임을 알게 된 순간부터는. 그래서 내가 기적 속에 살고 있다는 것을

알게 된 순간부터는. 나는 모든 순간순간에 감사하며 최선을 다해 살아
가고 있다.

어느 날이다.

그 어느 날에 내가 기적같이 살아있다.

유언(有言) : 사랑으로 사는

말은 내뱉은 순간부터 공중에 떠돌아 이리저리 흘러갑니다. 이때, 바람 따라 흐르던 말이 누군가의 귀와 입을 타고 들어가 또다시 흩어집니다. 이 말이 유언(有言)인지 유언(流言)비어인지 우리는 알 수 없습니다. 떠돌아다니던 여러 말들이 마침내 누군가의 귀가 아닌 가슴에 박혔습니다. 이로써 말은 존재하기 시작합니다.

조금 전까지의 말들은 사실 존재가 없는 무언(無言)이나 다름없습니다. 단지 정처 없이 떠돌아다니기만 하였으니까요. 말은 누군가의 가슴에 박힌 순간부터 생명력을 얻습니다. 그 말은 행복이 되어, 감동이 되어, 그리움이 되어 존재합니다. 어쩌면 상처가 되어, 오해가 되어, 후회가 되어 존재하기도 하겠지요.

그렇기에 말은 형태가 있어야 합니다. 심지어 온도 조절도 필요합니다. 뽀족하거나 날카로우면 매우 아프기 때문입니다. 너무 차갑거나 지나치게 뜨거워도 안 되지요. 따뜻한 것이 가장 좋습니다. 말은 누군가의 귀가 아닌 가슴에 박히기 때문입니다. 어쩌면 그 누군가가 내가 되기도 하니까요.

누군가의 가슴에는 다양한 형태의 조각들이 박혀있습니다. 그것은 그를 아프게도 하지만 때론 녹여주기도 하면서 가슴속 한편을 가득 채우고 있습니다.

그중 유독 지독하게 아픈 조각들이 있습니다. 날카로운 조각을 간신히 빼어냈지만, 그 자리에는 너덜너덜해진 구멍이 남아 있습니다.

그것이 상처입니다. 뻥 뚫렸던 구멍이 아물어 흉터로 남기까지에는 많은 눈물이 필요합니다. 눈물과 눈물로 모든 구멍을 채운 후에야 비로소 용서라는 단어를 떠올릴 수 있습니다.

그렇기에 말은 깊고 그윽해야 하며 부드럽고 아름다워야 합니다. 말은 누군가의 귀가 아닌 가슴에 박히기 때문입니다. 어쩌면 그 누군가가 내가 되기도 하니까요.

당신은 분명 예쁜 상자에 예쁜 말을 고이 담아 선물했지만, 막상 누군가는 이리저리 굴러다녀 너덜너덜해진 상자를 받을 때도 있습니다. 그 포장지를 걷어내기만 하면 그 속의 반짝이는 알맹이를 발견할 수 있을 테지만 그건 중요하지 않습니다. 이미 망가졌을 뿐이지요.

그것이 오해입니다. 오해를 풀기까지에는 많은 정성과 시간이 필요합니다. 포장지를 더욱 겹겹이 쌓아야 하니까요.

그렇기에 말은 정화되어야 합니다. 입이 아닌 머리를 거쳐 여과된 후에야 입술 끝을 지나칠 수 있습니다. 말은 누군가의 귀가 아닌 가슴에 박히기 때문입니다. 어쩌면 그 누군가가 내가 되기도 하니까요.

이때 누군가는 말합니다.
일상이 힘이 아닌 짐이 될 때,
기분이 맘과 달리 몸을 지배할 때,
작은 생채기를 큰 상처로 되갚고 싶을 때,
그럴 땐 어떤 말도 예뻐지지 않아 어쩔 수 없었다고 말합니다.

못생긴 말들에 못난 마음과 못난 변명을 더한 순간 누군가의 가슴에는 말이 아닌 못 더미가 박혔습니다. 그 못을 빼낼 수 없다는 사실이 미안하고 아파질 땐 이미 늦었습니다. 되돌릴 수 없습니다.

그것이 후회입니다. 눈물과 눈물로 아무리 닦아 봐도 지워지지 않습니다.

그렇기에 말은 강력하고 위험합니다. 누군가를 살리기도, 죽이기도 하는 무서운 힘을 가졌지요. 이 힘이 누군가를 지키는 무기가 아닌 해치는 흉기로 사용되는 순간 우리는 가슴 속 깊은 지하 감옥에 갇혀 영원히 벗어날 수 없습니다. 말은 누군가의 귀가 아닌 가슴에 박히기 때문입니다. 어쩌면 그 누군가가 내가 되기도 하니까요.

그렇습니다. 지금까지의 모든 '그 누군가'는 바로 제가 맞습니다.

말은 내뱉은 순간부터 흩어지기도 전에 제 가슴에 박혀 영원히 살아

갑니다. 누구의 말인지는 사실 중요하지 않습니다. 말하는 자가 결국 듣는 자가 되는 것이지요. 말은 화자와 청자 모두에게 상처가 되어, 오해가 되어, 후회가 되어 가슴에 박히기 때문입니다.

제가 지금까지 살면서 한 모든 말들은 사실은 저의 유언(遺言)입니다. 심지어 지금 하는 이 말 조차도요.

저는 언젠가, 어느 날에 반드시 죽기 때문입니다.

내가 누군가의 가슴에 남겨 둔 지난날의 유언이 행복이며 감동이며 그리움이었기를 바랍니다. 어쩌다 상처였다면 꼭 아물기를 소망합니다. 내가 누군가의 가슴에 남겨 둘 앞으로의 유언이 행복이며 감동이며 그리움이기를 바랍니다. 이 모든 것들이 나의 가슴에도 남아 영원하기를 소망합니다.

먼저 떠난 이들에게,

남겨지는 이들에게,

결국 그렇게 나는 '사랑'이고 싶습니다.

언젠가, 먼 어느 날에 저는 죽겠지만 그들의 가슴에 사랑으로 박혀 언제나 살아 있고 싶습니다.

그렇게 또.

그 어느 날에 내가 기적같이 살아 있습니다.

젊은 날의 노력으로 스쳐 간 수많은 환자들을 간호하고

운동을 좋아한 가장이자

남우의 아빠이자

사랑하는 아내의 남편이자

건강한 간호사.

현재를 즐기자!

김
기
성

Key

사명감 : 주어진 임무를 잘 수행하려는 마음가짐

세브란스병원의 사명 '하나님의 사랑으로 인류를 질병으로부터 자유롭게 한다.' 2013년 병원 입사를 준비하며 제일 처음 외웠던 문장 중의 하나였다. 종교가 없던 나로서는 이해하기는 어려웠지만, 무언가 가슴을 뜨겁게 했던 문장이었다.

어느덧 입사한 지 9년 차, 여전히 종교는 없지만 인류를 질병으로부터 자유롭게 하기 위해 노력하고 있는 세브란스 병원의 간호사 중 한 명이다.

우리 병원은 기독교 정신에 입각한 미션 병원 중 하나로 종교를 강요하는 분위기가 있을 수도 있다고, 입사 전 소문이 무성했지만 실제로 일하면서 느낀 점은 전혀 강요가 없을뿐더러, 오히려 자발적으로 기독교인이 된 경우는 더러 있었다. 나 또한 환자의 불안 완화와 완치를 위한 기도로 인한 긍정적인 효과를 경험하였을 때는 종교를 가져볼까? 하는 생각을 들게 하는 경우도 있었다. 나에게 종교가 생긴다면 가장 큰 계기는 직업과 병원 때문이 아닐까?

아픈 사람을 주로 대하는 병원이라는 특수한 환경은 일을 하면서 평범한 사람조차도 예민하게 만들기 때문에 감정이입을 과도하게 했을 때 정작 나 자신이 힘들어지는 것을 경험하였다.

그렇기에 업무 안팎으로 나를 다스릴 수 있는 여러 외부 요소가 필요했고, 그러한 것들은 나에게 일과 삶을 분리하는 데 많은 도움이 되었다.

현재 나는 수술실이라는 폐쇄된 공간에서 이비인후과 수술 임상 전담 간호사로 일하고 있고, 주 업무는 수술 준비, 참여 및 보조하는 일이다. 환자 1명을 수술하는 데 필요한 의료진은 약 8~10명 정도이며 큰 수술의 경우 더 많은 인력이 요구되기도 한다. 하나의 수술은 수술실, 임상과, 마취통증의학과(이하 마취과), 이 3부서의 협력으로 이루어지고, 병원 전체로 볼 때 외래, 병동, 중환자실의 뒷받침이 없다면 수술은 이루어질 수 없기에 상호 존중과 효율적인 의사소통이 필요하다.

수술 준비 시에는 수술실과 마취과에서 각각 요구하는 부분을 임상과(이비인후과)와 함께 조율하는 역할을 하고 있다. 또한 수술에 참여하여 집도의가 안정적인 분위기에서 수술을 진행할 수 있도록 돕는 일을 한다.

현 부서에 온 지 얼마 지나지 않았을 때 집도의가 나에게 한 말이 기억에 남는다. 수술실 업무가 손에 익지 않아 적절한 보조를 수행하지 못하는 상황이었고, 집도의를 만족시키지 못하였던 것 같다.

"수술실은 연습하는 곳이 아니고 실전이야. 연습은 다른 곳에 가서 하라."

이 말을 들은 당시에 나는 반감만 가득했던 것 같은데 돌이켜 보니 집도의의 책임감이 느껴지는 말이었다. 수술실 내 수술 Field(무균 지역)라는 곳은 팽팽한 긴장감과 집중력, 여러 사람의 관심을 요하는 곳이다. 그렇기에 집도의 역시 극도로 예민해지는 공간이어서 나 역시 수술하는 동안만큼은 긴장의 끈과 집중력을 놓을 수가 없다. 장시간 서서 수술을 돕는 일은 체력을 요하는 업무였고, 병원 밖의 나는 항상 체력단련을 위해 애썼다. 그렇게 운동은 자연스럽게 나의 취미와 활력소가 되었다.

병원 밖의 나는 한 가정의 가장이자 운동을 사랑하는 1인이다. 입사 후 처음 발령받은 중환자실은 3교대 근무였고, 불규칙한 나의 생활방식을 바로잡고자 시작했던 게 유산소와 근력운동이었다. 무엇보다도 근무하면서 생긴 스트레스와 여러 가지 무수한 생각들을 정리할 수 있어 좋았고, 열심히 운동하고 땀 흘리니 기분전환도 되었다. 어느 정도 부서 업무가 손에 익고 마음의 여유가 생기자, 예전에 경험했던 크로스핏이라는 운동이 생각났고, 신촌에 마침 크로스핏 박스가 있어 정말 열심히 다녔다. 가장 좋았던 부분은 다양한 직군의 사람들과 팀 단위 운동을 할 수 있다는 점이었다.

간호사라는 직업 특성상 주변이 전부 간호사라 다른 직종의 사람을 만나기가 어려웠고 모든 사적 자리에서는 당연히 병원 이야기를 할 수밖에 없는 구조였다. 그래서 크로스핏을 하는 것은 그 당시 나에게 사막의 오아시스 같은 존재였고 시야를 넓혀주고, 병원이라는 굴레를 벗어나게 해주는 취미였다.

그렇게 운동은 내 삶의 일부가 되었고, 지금도 주 3회는 꾸준히 실천하려고 노력하고 있다. 나태해질 무렵 항상 마음속에 되새기는 말이 있다.

"지금, 오늘 하지 않으면 나란 놈은 내일도 안 할 게 뻔하다. 오늘 하자."

20대 중반에 입사해 30대 중반이 된 지금 근무 유형뿐만 아니라 아이가 생기면서 삶의 많은 부분이 바뀌었다. 아이가 주는 행복도 컸지만, 내 삶이 없어진 느낌과 동시에 업무의 치열함, 그리고 육아 이 3가지 굴레에 어느 하나 제대로 해내지 못했다고 생각했다. 부정적인 생각에 잠식되어 갈 때쯤 나를 다시 일어서게 해준 것이 운동하는 것과 육아일기를 쓰는 것이었다.

"육아 때문에 내가 좋아하는 운동을 못 한다는 생각은 변명에 불과하다! 새벽에 일어나서 하면 되지!"라는 생각으로 다시금 시작한 새벽 달리기는 삶의 활력이 되었다. 업무 집중도는 오히려 올라갔고, 퇴근 후에는 오전에 이미 내가 좋아하는 운동을 하였기에 아기를 돌볼 때에도 긍정적인 마음으로 임할 수 있었다.

육아일기를 쓰는 것은 하루를 마감하며 아기에게 느꼈던 감정과 생각을 정리하기에 좋았고, 자연스럽게 글쓰기 습관으로 이어졌다. 운동과 글쓰기 2가지 습관은 내가 병원 안팎에서 좌절감과 부정적인 감정을 느낄 때 큰 버팀목과 내일을 살아가는 원동력이 되어주었다.

병원이라는 공간은 여러 가지 면에서 딜레마적인 곳이다. 누군가에게는 새로운 삶의 시작, 누군가에게는 삶의 끝, 또 누군가에게는 업무의 하루인 곳, 이런 곳에서 나는 일해오고 있다. 처음부터 투철한 사명감을 가지고 의료인이 된 사람도 있겠지만, 나는 그렇지 못하였다. 병원으로의 수많은 로그인 & 로그아웃 과정을 거쳐 자신과 싸우며 성장하게 되었다.

대학생 때 친구와 목욕탕에 갔던 날, 할아버지 한 분이 유독 오래 잠수한다 생각했다. 물에서 오랜 시간 나오질 않으셨고 아저씨 1명이 이상함을 느끼곤 탕에서 끌어 올린 후 바닥에 눕혔다. 의식이 없는 것을 확인하고는 바로 심폐소생술을 시행하였는데, 흉부 압박 위치가 틀렸고, 효율적인 흉부 압박이 이루어지지 못하는 것을 목격했다.

하지만 그때의 나는 사명감이 부족했고, 내가 알고 있는 것에 대한 확신이 없어 두려웠기에 선뜻 나서지 못하였다. 그저 출동한 소방대원에게 환자분이 인계될 때까지 지켜만 본 경험이 있다. 그때를 떠올리면 지금과 같은 실무 경험과 사명감이 '그때 있었더라면' 하는 생각과 동시에 바로 나서지 못했던 나 자신에게 실망감을 느낀다.

지금의 나는 간호사라는 직업의식과 사명감이 병원 근무를 통해 많은 성장을 이루었고, 병원 안팎을 떠나 간호사로서 누군가에게 도움을 줄 수 있는 사명감을 가진 사람이 되고 싶다.

오늘도 나는 병원으로부터는 로그인 & 아웃 하였지만, 일상, 지역사회라는 공간에서 사명감을 발휘하는 간호사가 되기로 했다.

유언(有言) : 말이 있음. 또는 말을 함

말은 대화를 시작하는 수단이자, 사람의 마음을 움직이게 하는 힘을 가지고 있다. 아기는 태어나서부터 부모에게 셀 수 없을 만큼의 아름다운 말로 사랑을 받으며 커간다. 나 역시 아이에게 오늘은 어떤 예쁘고 사랑스러운 마음을 담아 아름다운 말을 해줄 수 있을까 매일 고민한다.

나는 비록 거칠고 험한 세상 속 많은 상처받는 말을 들으며 살아갈지언정 아이에게만큼은 무한한 사랑을 가득 담은 말을 해주고 싶은 것이 부모 마음일 것이다. 훗날 아이가 커가면서 험한 말로 상처를 받더라도 내가 해주었던 아름다운 말들로 세상을 살아갈 힘을 얻는다면, 의미 있는 행동이 아닐까?

지금 우리 아이는 4살, 부모를 포함한 주변의 수많은 대인관계를 통해 말을 배워가고 있고, 순수한 눈과 마음으로 세상을 바라보고 있다. 모든 세상 만물과 대화할 수 있다고 생각하고, 자신이 하고 싶은 말을 하루에도 수백 마디 쏟아낸다. 하루는 '고맙다'라는 말을 가르쳐 주었는데, 목욕을 다하고 욕조의 물을 빼는 와중에 물에게 "물아 나를 씻어줘서 고마워."라고 인사를 하는 아이의 순수함에 나도 모르게 함박웃음을 지었다.

아이가 태어나면서 부모는 다시 태어난다고 했던가? 우리 부부의 대화 형태는 예전에 비해 많이 바뀌었다. 늘 곁에는 우리를 지켜보며 말과 행동을 따라 하는 아이의 존재 덕분이다.

이거 해, 저거 해라는 명령 어투 대신에 ~해볼까?, ~하는 게 어떨까?, ~해줄 수 있어? 등 최대한 부드럽고 아름다운 표현으로 말하기 위해 애쓴다. 우리의 노력이 통한 것일까, 친구와 만날 때면 평소에 우리가 쓰려고 노력했던 아름다운 말들로 대화하고 있는 아이를 발견한다. 기특한 한편 더욱 말과 행동에 주의를 기울일 필요성을 깨닫고 "부모는 아이의 거울이다."라는 말이 틀린 말이 아님을 다시 한 번 느낀다.

우리는 하루하루 번갈아 가며 아이를 재우는데, 나와 자던 날 다리 마사지를 해주며, "남우야, 아빠랑 엄마는 남우를 진짜 많이 많이 사랑해. 남우는 어때?"라고 물었더니, "음~ 행복해."라고 대답하는 것이었다. 육아를 하며 지나온 수많은 힘든 순간이 주마등처럼 스쳐 지나가면서 행복감에 사로잡혔고, 나의 아름다운 말에 아름다운 말로 응답해 준 아이에게 나 역시 고마움을 느꼈던 하루였다.

아름다운 말에도 훈련이 필요하다. 그러기 위해선 세상을 아름답게 볼 줄 알아야 하고 표현할 줄도 알아야 한다. 아이 덕분에 나 역시도 표현의 중요성을 배우고, 같이 아름다운 말을 사용하며 세상을 다시금 배워가고 있다. 커갈수록 부모에게서 받는 영향은 어릴 때보다 줄어들겠지만, 수많은 아름다운 말을 통해 아름다운 기억으로 세상을 살아가는 힘을 얻었으면 하는 마음이다.

'남우'라는 아이의 이름은 나무처럼 우직하고 푸르게 자라 누군가에게 쉼터가 될 수 있는 사람이 되었으면 하는 마음으로 지었다.

우리의 아름다운 마음이 남우에게도 전해지기를 바라며, 오늘도 나는 유언을 해본다.

"사랑해, 남우야."

누군가에게는 평범했던 순간이
누군가에게는 간절했던 하루였을지도 모른다.
그 순간을 얼마나 소중히 다루었는가
그 하루를 얼마나 간절히 다루었는가

그 하루들이 모여 이 자리에 오기까지
노력한 모든 순간에 응원을 보낸다.

김
유
성

Mino

세브 In Log

　많은 사람에게 나의 직업을 소개할 때, 이해하기 쉽도록 건네는 말이 있다. "병원에서 환자들을 상대로 채혈하며, 그 검체를 검사하는 사람들입니다.'

　그렇다, 나의 직업은 '임상병리사(臨床病理士)'다. 우리는 환자의 검체 및 생체를 대상으로 신속하고 정확한 검사 결과를 제공하는 보건 의료전문가인 동시에 전문 의과학 기술인이다. 우리 임상병리사는 다양한 분야에서 근무하고 있다. 진단 검사의학과 / 병리과 / 생리과 크게 3가지로 나눌 수 있겠다. 각 과를 더 세분화하다 보면 이 글의 절반이 직업에 대한 소개로 가득 차게 될 것이다.

　그중에서도 나는 진단 검사의학과 혈액은행 파트에 속해 있다. 이곳은 축구로 예시를 들자면 '골키퍼'의 임무를 수행하고 있는 곳이다. 팀의 패배를 막기 위해 한정된 공간에서 90분간 사투를 벌이는 골키퍼. 화려한 조명을 받지는 못하지만, 절대 없어서는 안 될 역할. 그런 골키퍼의 역할을 수행하고 있는 진단 검사의학과 혈액은행 병리사로 사는 생활을 소개해 보고자 한다.

세브란스병원 제중관 1층 16병동 앞, 나 홀로 위치한 진단검사의학과 혈액은행. 임상병리사로서 내가 속해 있는 곳이며, 출근하는 곳이고, 동시에 근무하는 곳이다.

병원 명찰에 새겨진 바코드를 찍어 문을 열면 보이는 검사실을 눈에 담으며 병리사로서의 하루를 시작한다. 우리는 '혈액은행'이라는 이름처럼 수많은 혈액제제를 보관하고 있다. 매일 아침 수많은 혈액을 보관하고 있는 냉장고와 냉동고들을 살펴보며 혈액제제가 적절한 온도에 보관되어 있는지 확인하는 것이 나의 첫 번째 업무이다. 환자에게 수혈될 혈액들이 실제로 얼마나 있는지, 제대로 보관되고 있는지 두 눈으로 직접 확인하기 위해서다.

코로나의 여파와 꾸준히 줄어드는 출산율의 저하로 인해 헌혈량이 줄어든다. 혈액 보유량은 자꾸만 줄어들어 가는데. 수혈해야 하는 환자들은 늘어만 간다. 고령 환자들과 중환자, 특수 혈액형을 가지는 다문화 가정, 대량의 수혈을 필요로 하는 이식 수술은 계속 늘어만 가는데, 반대로 줄어가는 혈액 보유량을 보면 머리가 지끈 아파지기 시작한다. 제한된 혈액 보유량으로는 수혈이 필요한 모든 환자에게 혈액을 불출할 수 없다.

그렇기 때문에 우리는 혈액 검사를 통해 환자의 상태를 수치화하여 수혈 우선순위를 파악하고, 이에 따라 혈액을 제한하고 출고한다. 환자의 아픔에 경중을 어찌 매기겠냐만, 이를 수치화할 수밖에 없는 현실이 굉장히 아이러니하다.

우리의 또 다른 업무는 혈액원과의 협업이다. 우리가 보관하고 있는 모든 혈액은 혈액원으로부터 온다. 오늘은 부디 많은 환자가 수혈할 수 있기를 간절히 바라며 혈액을 주문하기 위해 혈액원에 전화한다. 혈액원과의 전화는 항상 똑같다. '피 좀 더 주세요.', '환자가 수혈을 못 하고 있어요.' 돌아오는 대답도 항상 똑같다. '피가 없어요.', '헌혈량이 부족해요.' 이미 알고 있는 대답이다.

재다이얼을 누르듯 돌아오는 대답에도 혈액을 하나라도 더 받기 위해 혈액원과 치열한 전쟁을 벌인다. 이렇게 혈액원과 전화 업무를 하다 보면 또 다른 전쟁이 다가온다. 바로 혈액은행 병리사의 주된 업무인 '수혈 검사'다.

수혈이 이루어지는 과정은 '검체의 접수 - 혈액 검사 - 혈액과의 교차시험 - 혈액 출고'로 요약할 수 있다. 일련의 과정이 문제없이 이뤄진다면 약 60분이라는 시간이 소요된다. 축구 경기에서 골키퍼는 90분 동안 실점하지 않기 위해 한정된 공간에서 치열한 싸움을 벌인다.

골키퍼에게 실점은 경기의 패배로 이어질 수 있으므로 어깨 위에 올려진 부담이 크다. 우리 또한 그렇다. '약 60분' 혈액이 환자에게 수혈되기까지 지나가는 그 시간. 수없이 많은 혈액 가운데 환자에게 가장 적

합한 피를 찾기 위해 노력한다. 골키퍼의 실점이 팀의 패배로 이어지는 것처럼, 우리에게 있어 실점은 환자 생명의 문제로 이어진다. 그렇기에 단 1골조차 허용할 수 없다. 자칫하면 환자의 생명이 위태로워질 수도 있는 그 치열한 시간 속에서 우리는 묵묵히 제 역할을 수행한다. 그렇게 외래 · 병동 - 혈액원과 수많은 전화 업무와 수혈 검사들과의 치열한 경기가 한 시간, 두 시간 지나간다.

우리는 축구 경기 속 공격수처럼 화려하고, 미드필더처럼 경기를 조율하며, 수비수처럼 눈에 띄는 포지션은 아니다. 앞 선수들이 걱정 없이 제 역할을 할 수 있도록 팀의 최후방을 책임지는 골키퍼가 바로 우리의 포지션이다. 오늘 하루 경기를 잘 치른 우리에게는 '수혈부작용이 없는 하루'라는 '무실점 경기'가 주어진다.

우리의 노력은 눈에 보이는 결과로 나타나지 않는다. 그러나 최후방에서 다른 선생님들이 제 역할을 할 수 있도록 도와주고, 환자들의 건강 회복에 노력한 우리의 모습을 보며 무엇보다 큰 보람을 느낀다. 오늘 하루도 사고 없이 무사히 지나갔다. 경기가 끝난 골키퍼가 장갑을 벗고 필드에서 나가듯, 우리도 손에 씌워진 라텍스 장갑을 벗으며 검사실에서 퇴장한다. 나는 이런 우리를 세브란스의 언성히어로(unsung hero)라고 생각한다.

세브 Out Log

'성공하기 위해서는 고통스러운 일상이 반복되어야 하고 그걸 되려 즐기는 사람은 결국 운명이 바뀌고 삶이 바뀔 것이다.' 지금은 예능인으로 유명한 전 UFC 선수 김동현 관장의 명언이다. 이 말에 감명받은 나는 바로 김동현 선수의 팬이 되었다. 그렇게 선수의 모든 경기를 찾아보게 되었으며, 자연스럽게 나는 격투기에 빠지게 되었다.

누가 승리하는지 보는 단순한 재미도 있었지만, 내가 진정으로 이 스포츠에 빠져들게 된 것은 승리를 위해 땀을 흘리는 선수들의 노력과 그 과정에서 보이는 열정에 반했기 때문이다.

집-병원 출퇴근이 반복되는 삶에서 따분함을 느끼던 순간, 평소에는 보기만 했던 격투기를 직접 해야겠다는 생각이 들었다. 처음 이 운동을 배우고자 홍대 소재의 체육관에 입문하였을 때가 기억난다.

체육관 문을 열고 들어서자, 코를 찡그리게 하는 꿉꿉한 땀 냄새가 다가왔다. 귀를 직접 때리듯 무섭게 들리는 미트 소리에, 체육관에 등록하기도 전부터 지레 겁부터 먹었다. 용기를 내서 문을 열고 들어가 체육관 코치님의 간단한 설명을 듣고 나서야 본격적으로 이 운동을 시작할 수 있었다.

평소 꾸준한 웨이트 트레이닝으로 몸을 쓰는 일에는 자신이 있다고 생각했던 나였기에 '이 운동 또한 쉽겠지.'라고 생각하였다. 너무나도 큰 오산이었다. 코치님과의 미트 트레이닝 한번 그리고 단 한 번의 스파링으로 지쳐 쓰러진 내 모습을 볼 수 있었다.

나는 오기가 생겼다. 그래서 퇴근하게 되면 매일 같이 체육관에 나와 운동을 배우고 열심히 훈련하였다. 반복되는 일상으로 인해 사라졌던 나의 열정이 다시 샘솟는 순간이었다. 그렇게 개근상을 탈 기세로 운동을 배우다 보니 많은 것이 예전과 달라지기 시작했다.

체육관 문을 열면 들리던 무서운 미트 소리는 내 가슴을 뛰게 해주었고, 코를 향해 다가와 얼굴을 찡그리게 했던 꿉꿉한 땀 냄새는 이제 제법 친숙하게 다가왔다.

종합격투기, 나는 이 운동의 진정한 매력은 대련을 통해 사람의 다양한 면모를 경험하는 것에 있다고 생각한다. 다른 스포츠와 마찬가지로 이 운동 또한 정해진 규칙이 있다. 그러나 사람마다 다양한 방법으로 대련에 임한다. 적극적으로 공격하는 사람, 신중하게 행동하는 사람, 변칙적으로 움직이는 사람 등등 자신의 성향에 맞추어 내가 모르는 방법으로 공격해 온다. 방법들이 너무나도 다양하기에 일일이 대응하는 것은 불가능하다. 그렇기에 나는 장점인 체력과 킥을 바탕으로 계획을 세우고 상대와의 대련에 임한다.

생각해 보면 인생도 대련과 마찬가지다. 세상은 너무나도 넓고 모르는 것투성이다. 그에 반해 우리는 이 모든 것에 대처할 능력과 지식을 갖추고 있지 않다. 나 자신을 믿고 세상을 살아가야 하며 나의 장점을 바탕으로 뚜렷한 기준을 삼아 주어진 문제를 해결해 나가고 인생을 살아가는 것이다.

사람들과 대련을 이어가며 인생의 작은 부분을 깨닫는다. 흘리는 땀마다 저마다의 노력과 열정 그리고 그 사람의 면모가 보인다. 그렇게 흘린 땀이 한 방울 두 방울 마르다 보면 어느덧 하루를 마무리할 시간이 다가온다.

꿉꿉한 땀 냄새를 뒤로한 채 하루를 마무리하고자 체육관에서 퇴장한다. 집을 향해 가는 길에 나는 생각하곤 한다. 김동현 선수의 명언처럼 고되고 반복되는 일상을 즐기며 살아왔는지, 또 오늘을 뒤돌아보았을 때 만족스러워할 정도로 열정적으로 살았는지. 그리고 오늘 하루라는 실전에서 나는 승리하였는지. 그렇게 세브란스 밖에서의 나의 하루가 막을 내린다.

유언(有言) : 과거의 나에게 전하는 10가지 유언

유언(有言)

[명사] 말이 있음. 또는 말을 함.

힘들어하고 있는 시절의 너를 만날 수 있게 된다면, 그렇게 너에게 말할 수 있는 단 한 번의 기회가 주어진다면 너에게 전해주고 싶은 10가지 말이 있다.

1. 부모님에게 한 번이라도 더 감사한 마음을 표현해라.

조건 없이 너를 사랑해 주시는 분들에게 표현을 아끼지 말고 부끄러워하지 마라.

2. 건강하게 태어났음에 만족하고 하루하루를 감사하며 살아라.

누구에게는 평범한 그 건강함, 그 건강함을 위해 간절히 살아가는 사람들이 이 세상에는 존재한다. 너를 건강하게 낳아주신 부모님께 감사하며 살아라.

3. 영원한 가시밭길은 없다. 방황하지 말고 그 끝을 향해 묵묵히 걸어가라.

아침인지 밤인지 모르는 네 인생의 새벽이 가장 힘들 것이다. 그러나 밤이 지나가면 아침이 오듯 힘든 것은 지나간다. 너를 믿고　오롯이 서서 나아가라.

4. 가진 능력으로 할 수 있는 최선을 다해 살아라.

누구보다 잘할 필요는 없다. 그러나 너 자신을 속이지 말고 최선을 다해라.

5. 얼굴은 겉으로 드러나는 너의 성격이다. 웃으며 살아라.

웃는 얼굴에 침 뱉지 못한다. 구태여 적을 만들지 말고 둥글게 살며 웃음으로 너를 보호해라.

6. 귀찮아도 매일 운동해라.

매일 흘리는 땀에 너의 열정을 쏟으며 살아라. 그 귀찮은 한 걸음이 너를 두 걸음 나아가게 해줄 것이다.

7. 한마디 말을 하기 위해 열 번의 생각을 하여라.

가볍게 뱉는 말만큼 무겁게 돌아와 너를 힘들게 하는 것은 없다. 내뱉는 말에 무게를 더해 멀리 나아가지 못하도록 하여라.

8. 너를 위한 가면을 하나쯤은 만들고 살아라.

때로는 온실 속 화초가 되어 너를 위하는 날들이 필요할 때가 있다. 힘들 때는 단단한 가면 속에 너를 감추어라.

9. 세상은 혼자 살 수 없다. 눈을 뜨고, 귀를 열고, 말을 아끼며 살아라.

혼자 살기에는 세상은 너무나도 넓다. 사람들과 교류하고 다양한 것을 경험하며 많은 것을 배우고 나아가라.

10. 너의 행복을 위한 시간을 아끼지 마라.

결국 세상에서 가장 중요한 건 너 자신이다. 너를 위한 투자를 아끼지 마라.

세상은 혼자 살아갈 수 없다. 너는 완전하지 않기 때문이다. 네 곁에 있는 수많은 사람의 도움이 있었기에 지금의 네가 존재하는 것이다. 내 말을 듣고 그렇게 조금이라도 더 나은 어른이 되길 바란다. 모든 것에 항상 긍정적이고, 너를 도와준 모든 이들에게 감사하며 그렇게 살아가라.

夏

|2장| 큰 나무 그늘을 찾다

당신의 의미를 보여주는 것들
당신의 시선을 따라 걸어봅니다.
당신이 바라보는 찰나의 순간들
당신의 귓가에 울리는 오색 가지들
당신이 말하는 모든 것들의 온도

무엇이 당신을 존재하게 했고
무엇이 당신을 먼지같이 떠돌게 했는지

그 모든 것들이 곧 삶이며
그 모든 것들이 곧 당신입니다.

김 진 수

Matthew

Code Severance

누구에게나 '인생 기억' 하나쯤은 있을 것이다. 시간이 지나더라도 언제든 다시 펼쳐볼 수 있도록 마치 책갈피를 가지런히 꽂아 놓은 그런 기억 말이다. 일주일, 한 달, 일 년, 심지어 하루 24시간을 보내면서도 그 어느 순간 어제와 같았던 적은 없었다. 심지어 가만히 멍 때리고 앉아 있는 시간의 중심에서도 우리는 끊임없이 무언가를 생각하고 바라본다.

누군가가 상대방에게 "간절히 무엇인가를 바랐을 때, 그리고 그 바람을 이루었을 때의 기억이 무엇인가요?"라고 물었을 때 지금 바로 떠오르는 생각은 무엇인가?

아무래도 이전에는 이룬 적이 없었던, 그래서 처음 경험하는 그 무엇인가의 소중한 기억이 될 것이라 생각한다.

내 기억의 삼분의 일 정도에 넣어 두었던 책갈피의 기억은 세브란스의 첫 출근이다.

대학 시절 하나의 학문만 깊게 파왔던 내가 졸업하고 취업한다면 가야 할 곳은 바로 한곳이었다. 바로 '병원' 간호학을 공부했던 나에게 직장은 바로 병원이었다.

여행을 좋아했던 나는 우리나라, 세계 어느 곳이든 내가 좋아하는 여행지에 도착하면 함께 여행했던 곳이 그 지역의 병원이기도 했다. 그만큼 병원이라는 공간에 대한 호기심이 많았고 내가 일하는 공간의 분위기를 먼저 몸으로 느껴보고도 싶었다.

숫자로 셀 수 없을 정도의 병원을 여행했고, 숫자 1을 당당하게 내밀수 있는 병원을 찾기도 했다. 나에게 1등은 세브란스 병원이었다. 그래서 내가 동경했던 이 병원에 정직원으로 출근하던 그날 아침의 온도를 잊지 못한다.

첫눈이 내리진 않았지만 제법 쌀쌀했던 초겨울이었다. 날카로운 바람 사이로 저 멀리 언덕 너머에서는 해가 뉘엿 넘어오는데 그 햇살이 마치 샤이닝카펫으로 나를 이끌어 주는 듯했다. 당찬 걸음 앞에는 암병원이 웅장하게 서 있었다. 내가 일하는 본관까지는 한참 걸어가야 하는 제법 먼 거리였지만 그 당시에는 걸음 수가 많아지는 만큼 직장에 대한 내 자부심도 한층 높아지는 것 같았다.

그 당시에는 말이다.

직장인들이라면 한 번쯤 처음 초에 마음 심이라는 '초심'을 생각하라는 말을 들어보곤 한다. 처음에 먹었던 마음. 공간에 익숙해지고 어제와 오늘 그리고 내일이 별반 다를 게 없을 거라는 마음을 먹는 순간 그렇게 나의 인생 기억에 마침표를 찍는 것 같다.

지금은 암병원에서부터 본관까지의 거리가 너무 멀어서 투덜대며 빠른 걸음으로 아침을 맞이하곤 한다. 빠른 걸음으로도 모자라 두 귀에는 빠른 템포의 음악을 때려 박고 누가 뒤에서 쫓아오는 것처럼 거의 경보를 하고 있다.

하루의 쳇바퀴를 다 돌고 그 끝에서 어머니와 통화를 할 때면 항상 잊지 않고 해주시는 말씀이 있다.

"일할 때 매번 신중하게 일해라."

아무래도 사람의 생명을 살리는 일을 하다 보니 어머니께서도 늘 내가 걱정되시나 보다. 매번 해주시는 인생 말씀 덕분에 순간순간에 집중하는 스킬을 얻기도 했다.

어쩔 때는 마치 공장과 같이 돌아가는 수술실의 모습에, 그 반복되는 것에 익숙해지면 안 되겠다고 생각한다. 누군가에게는 생에 처음으로 오는 낯선 공간이기도 하고, 치료의 끝에서 마지막 희망을 바라보고 들어오는 차가운 공간이기도 하다.

그래서 나는 항상 이 생각을 하면서 일한다. 만약 앞에 있는 환자가 내 가족이라면? 이 생각이 나의 정신을 다시 잡아주고 그 순간에 집중하게 되는 가장 좋은 방법이다.

연차가 쌓일수록 반복되는 이 도돌이표 같은 곳에서 나에게 악센트의 자극을 줄 수 있는 무엇인가가 필요했다. 일종의 번아웃에서 벗어날 수 있는 가장 좋은 방법. 내가 해보지 못한 새로운 활동을 찾는 것이다.

지구력을 끌어올리기 위해 시작한 마라톤부터 사이클을 배워 듀애슬론, 그리고 맥주병이었던 나를 제법 물개같이 헤엄치게 해주었던 수영을 배워 철인 3종까지 섭렵하기도 했다. 때로는 너무 과하면 화를 불러온다고 했던가, 철인 3종으로 허리디스크 판정을 받고 이를 극복하고자 요가를 배워 자세 교정을 했다.

밖에 나가 싸돌아 다니기를 좋아했던 것도 잠시 초면에 너무 강력한 악귀를 몰고 온 바이러스가 보이지 않는 벽을 세웠다. 코로나 때문인지 덕분인지 나의 눈길은 그동안 마음만 먹었던 글쓰기로 향했고 그렇게 첫 책을 출판하기도 했다.

가만히 생각해 보면 주어진 상황과 환경에 잘 녹아든다면 그 안에서 새로운 무언가를 찾을 수 있었다. 이 모든 것이 '관심'에서 시작되었고 그 관심들이 꼬리에 꼬리를 물어 다시금 새로운 사람들을 만날 수 있게 해주었다.

나를 중심으로 다양한 활동을 해보니 다른 누군가에게도 분명하게 말할 수 있는 확신이 생겼다. 간호사가 먼저 건강해야 환자도 건강하다. 번아웃이 들어올 틈을 주지 않도록 내 몸과 마음을 건강하게 유지한다면 이것이 곧 환자 한 명을 더 살릴 수 있는 용기가 된다.

유언(遺言) : 아홉 살의 하늘

어렸을 적, 유난히 하늘만 뚫어져라 올려보던 친구가 있었다. 무덤덤한 표정에 눈은 반쯤 힘이 풀려있었고, 평소에 의식하지 않았던 눈 감는 순간들이 보일 정도였다.

그 친구는 옆에서 의아하게 바라보고 있는 내 시선이 닿았는지 나에게 이런 말을 했다.

"하늘은 언제나 파랗다. 그런데 그런 파란 하늘을 가리는 건 언제나 먹구름이 다가와서야."

'무슨 소리를 하는 거야….'

한참 앞만 보며 뛰놀기를 좋아했던 나는 그런 감성적인 말에 공감해줄 수 없었다.

그런데 눈 깜빡이는 순간처럼 의식조차 하지 못하게 지나쳐 버릴 수 있었던 기억이 왜 내 기억 어딘가에 갈피로 꽂아져 있는 것일까? 어느 순간 무용한 것들에 대하여 의미를 새기게 되면서 나의 기분을 그곳에 투영시키게 되었다.

뒤통수를 바닥과 일치시키면 보이는 하늘. 같은 하늘이지만 매일 다른 의미가 부여되는 하늘이었으며 내 기억저장소에 보관되어 있는 찰나의 순간들 속에는 하늘이 함께 했었다.

내 기억 속 가장 오래전, 가장 흐릿했던 하늘의 기억은 무엇일까?

아홉 살 진수의 하늘이 그려진다.

주황색 지붕을 덮고 있던 한옥집 아래에 문풍지 구멍 사이로 엄마와 이모들이 서로 부둥켜안으며 울고 있었다. 마당에는 흰색 소복을 입고 있는 나이 많으신 분들이 누군가를 기다리는 듯했다. 마당 한 가운데는 사극에서 봤었던 왕이 행차할 때나 쓰이는 듯한 큰 가마가 놓여 있었다.

그 안에는 무엇이 들어있는지 보지 못했지만, 엄마와 이모들이 그 뒤를 따르면서 알 수 없는 노래를 부르고 있었다. 그 노래가 정말 느렸고 내 귀에는 아이고… 아이고… 소리만 메아리쳐 귓가에 맴돌고 있었다.

한참을 걷다가 산 중턱쯤 왔을 때, 그 소리와 함께 가마도 멈췄고 그렇게 땅속으로 들어갔다.

그날의 하늘은 조금만 건들기라도 하면 금방 비가 내릴 듯 햇빛 한점 비추지 않았던 날이었다. 아홉 살이 감당하기에는 조금은 버거웠던 죽음이었고, 그렇게 외할머니를 하늘나라로 보내드렸다.

그렇게 나는 죽음을 알게 되었다.

사람이 죽으면 하늘나라로 간다는 것도 알게 되었고, 그 뒤로 할머니를 볼 수 없음에 사람은 누구나 죽는다는 것을 처음 알았다.

오직 할머니를 만날 수 있는 것은 내 기억 속에만 있는 흐릿한 할머니의 모습이었다. 이제는 할머니가 나를 보며 어떻게 웃어주었는지 그 표정이 기억나지 않는다. 다리가 불편하셔서 절름걸음을 하셨던 할머니의 발걸음을 버릇없이 따라 했던 어렸을 적 모습이 생생하다. 그래도 할머니는 나를 보며 언제나 웃어주었고, 고사리 같은 내 두 손을 잡아주며 항상 안아주고선 인사를 해주었다.

왜 어렸을 때는 쭈글쭈글하게만 보였던 할머니의 손을 만지기가 그렇게 싫었을까?

막상 내 앞에 할머니가 없다는 것을 실감했을 때는 이미 늦어버렸다는 것을 너무 늦게 깨달았다. 단 한 번만이라도 누군가를 만날 수 있고, 서로의 온기를 느끼며 위안의 안부를 전할 수 있다면 얼마나 좋겠냐는 망각에 빠지면서 오늘을 살아가고 있는 것 같다.

생과 사의 저울질 속에 그 누구보다도 죽음을 제일 가까운 곳에서 마주하고 있는 나는 수술실에서 근무하고 있다. 간호사로 일하면서 병상에 누워있는 환자들을 많이 마주했고, 눈앞에서 죽어가는 환자들도 어떻게든 살리려고 발버둥을 치면서 죽음을 억지로 밀어내고 있다.

죽음이 정말 멀리 있는 것이 아니구나.

하루가 다르게 몸소 느껴지는 생각이다. 사람은 누구나 죽는다는 것. 누구나 알고 있고 변하지 않는 진실이지만 이 죽음을 어떻게 받아들이느냐에 따라 나의 인생이 달라진다는 것을 느낀다.

사랑한다는 말 한마디를 못 하고 사랑하는 사람을 떠나보내고, 미안하다, 고맙다는 말을 전해주지 못한 채 준비 없이 가버린다면 내가 살아온 날들이 무색해질 것임에 내가 지금 여기에 있을 때 그 준비를 하고자 한다.

그럴 리가 없겠지만 그럴 수도 있을 만약을 생각하며, 내가 내일 죽는다면 나는 제일 먼저 우리 가족의 시선을 따라서 걸을 것이다.

나를 이 세상에 태어나게 해주신 우리 어머니, 아버지를 바라본다. 부모보다도 먼저 죽는다는 것이 세상에서 가장 큰 불효라고 하는데, 그 불효에 대하여 용서를 구하며, 단 한 번도 내가 하고 싶은 일에 안 된다고

말씀하지 않고 무엇이든 경험을 먼저 하게 해주셔서 감사합니다.

덕분에 경험을 통해서 성장하는 법을 배웠으며, 누군가에게 저의 경험을 전달하며 제법 다른 사람의 인생을 길잡이 해줄 수 있는 강연도 많이 했습니다. 한 아이가 어른으로 성장하기까지 부모의 역할이 굉장히 중요하다는 것을 느꼈고, 저 역시도 부모님의 좋은 점들만 본받아 저의 자식에게 가장 젊고 지혜로운 아버지가 되겠다는 다짐도 하게 되었습니다.

부모님이 살았던 시대와는 달리 제가 하고 싶은 일들은 저의 의지만 있다면 충분히 할 수 있는 시대에 태어났기에 지구가 둥글다는 것을 몸으로 부딪치며 알게 되었습니다. 제가 보고 느꼈던 것들을 부모님과 함께 다닐 수 있는 여유를 가졌으면 좋겠습니다.

세상은 나를 중심으로 돌아간다고 생각하며 살았던 어렸을 적, 이웃 아저씨 차 범퍼 위에 돌멩이로 '김현수 바보'라고 대담하게 적고 혼이 났던 기억, 설날에 받았던 세뱃돈을 모두 물엿으로 바꿔 먹고 돈을 헤프게 쓴다며 몽둥이로 엉덩이가 붓도록 맞고서 아버지가 저녁에 연고를 발라주었던 뜨거운 기억, 어머니 옆에서 떨어지지 않으려고 아파트 앞 육교 아래 버스정류장에서 울고불고 난리 쳤던 기억들… 저의 천방지축이었던 어릴 적을 생각하니 모두가 다 소중한 기억들입니다.

제가 잘했던 기억보다 못했던 기억들이 유독 먼저 떠오르네요.

죽어서도 잊지 못할 기억들을 추억 삼아서 가지고 갈 테니 외로울 것이라는 걱정은 하지 않으셔도 될 것 같습니다. 사랑합니다. 고맙습니다.

이 세상 언어로 표현할 수 없을 정도로 가슴 뜨거운 인생을 살았습니다.

그리고 나의 영원한 앙숙이자 제일 친한 친구이기도 했던 나의 '김현수 바보'야.

형의 동생이라서 저렇게는 하지 말아야지 하면서 정직하게 살았던 것도 있고, 언제나 형의 그늘 옆에서 편안한 일상을 살았던 것 같아. 같이 있을 땐 몰랐는데 떨어져 있으니 역시 형제답게 생각도 비슷하고 하는 행동도 비슷하더라. 지금 내가 가지고 있는 감정, 서로 잘 통하고 있으리라 생각해. 나의 형이어서 고마웠고 철든 모습을 못 보여줘서 미안하다. 나의 못다 한 행운이 형의 가정에 모두 깃들기를 기도할게.

그리고 내가 제일 아끼고 사랑하는 나의 사랑 유진아.

사랑해. 많이많이 사랑하고 사랑해.

내가 '행복'으로

당신의 마음속에 있었으면

좋겠습니다.

서종한

Ezez

Sev 人 & Out

① Sev 人(수고했어, 더 잘할 거야.)

어렸을 적 〈허준〉이라는 MBC에서 방영한 한국 사극 장르의 드라마를 정말 감명 깊게 보았다. 지금 생각해 보면 조선시대 의학 드라마였는데 사람을 살리고 치료하고 돌보는 내용이 너무 진정성 있게 다가와서 어린 나이에도 그리고 30대가 된 지금에서도 소위 '최애'라 말할 수 있는 드라마이다. 드라마에서 허준은 환자를 위해 자신의 몸이 상하는 것을 개의치 않을 뿐만 아니라, 죽음에 이르러서는 자신의 몸을 해부하여 한 의학 발전에 이바지해달라는 모습을 보여준다.

이러한 정신과 행동이 나에게는 커다란 울림으로 다가왔고, 이러한 사람은 되지 못하더라도 마음속에 품고 살아가고 싶다는 생각을 했던 것 같다. 그리고 이때의 기억이 나를 간호사 서종한으로 살아가는 데 많은 영향을 주었다.

현재 내가 근무하고 있는 신경외과 병동은 주로 뇌혈관 관련 검사, 시술, 수술 환자들 그리고 뇌출혈로 인해 중환자실에서 수술 및 급성기 치료를 받고 병동으로 나온 환자들을 주로 간호한다. 머리와 관련된 질환을 돌보는 곳이라 환자들도 예민하고 보호자들 역시 환자의 작은 변화에도 걱정하며 지속적인 관심과 돌봄을 기대한다.

그런 상황에서 간호사인 나는 근무당 9~10명의 환자를 간호하고 그 보호자들을 응대하면서, 의사의 처방을 해결하는 일을 주어진 8시간 동안 단 한 순간의 틈도 없이 일하고 있다.

항상 환자들이 조금이라도 평안한 병원 생활을 경험하고 아픈 곳을 치유 받길 바라는 마음으로 일하지만, 연차가 쌓여가면서 환자, 보호자들에게 향상된 간호를 제공하는 것과는 달리 그들을 바라보는 시선은 주로 컴퓨터 모니터에 꽂혀있거나 다른 일을 하는 내 손을 응시하고 있다. '잠시만요.', '금방 갈게요.'가 버릇처럼 나오고, 나를 아니 '간호'를 바라는 이들의 요청에 절로 한숨이 나온다.

이러한 내가 좋은 간호사가 맞을까? 간호사로서 나는 도대체 무엇을 하고 있는가? 그래서 초심으로 돌아가야지 환자, 보호자들에게 더 많은 시선을 드려야지 생각해 보지만 결국은 일에 치여 거꾸러진다. 출근길에 쌓인 생각들은 일을 하며 하나둘씩 떨어져 나가다가 퇴근길에 다시 아쉬워하며 주어진다.

이렇듯 간호업무를 수행하면서 환자, 보호자의 기대에 소홀해지는 경우가 다반사이다. 그러면 나는 그날의 바쁨보다 그리고 환자를 열심히

간호했다는 보람보다는 다른 환자, 보호자에게 했던 나의 냉소적인 모습에 마음이 아팠다. 그리고 이런 일이 반복되면서 내가 익숙해져 버릴 것만 같은 두려움도 생겼다.

그러나 간호사를 여러 해 동안 해오면서 나는 이렇게 아파했던 보람도 없이 환자, 보호자에게 신규 때보다는 좀 더 냉소적으로 보이는 간호사가 되었다. 업무에 방해가 되는 시시콜콜한 얘기는 딱딱 끊고 환자, 보호자가 치료에 부정적인 영향을 끼치는 모습을 보이면 정색하며 혼을 내었다.

감정적 동감보다는 하나의 처치를 통해 환자의 치료적 효과가 더 보이는 모습을 선호하게 되었다. 그리고 이제는 그 모습이 너무나도 익숙해져 버린 간호사가 되었다.

이렇게 지금의 나는 간호사 서종한에 대한 고민으로 속앓이를 하면서도 '환자의 병원 방문의 주목적은 질병의 치료, 상태의 회복이고, 그것을 먼저 완벽히 수행할 수 있는 간호사가 되는 것이 우선이다.'라는 생각을 하게 되었다. '정서적 공감도 감정적 위로도 그것이 갖추어졌을 때 할 수 있다.'라는 생각과 더불어 말이다.

이렇게 오랜 생각이 정리된 나는 지금의 마음이 그리고 모습이 나중에 어떻게 바뀔지 모르지만 어디 가서 '나는 간호사야! 의료인이야! 사람을 치료하는 직업을 가지고 있어!'라고 당당하게 말할 수 있는 그런 간호사가 되도록 앞으로도 꾸준히 노력할 것이다.

앞으로 간호사로 살면서 또 어떻게 나의 마음이 바뀔지는 모르지만 현재에 충실하고 조금 더 나은 간호사가 되기 위해 노력하고 초심의 나를 잊지 않는다면 나중에 나에게 스스로 머리 한 번쯤은 쓰담쓰담 해줄 수 있지 않을까?

② 세브 Out(조금 더 풍요롭게 나를 지탱하는 법)

헌신과 봉사의 정신으로 환자의 안전과 원활한 치료 과정을 돕는 간호사는 업무의 연속성과 생명을 다루는 중압감 그리고 3교대라는 유동적인 근무의 틀 속에서 일하고 있다. 이러한 환경에서 신규뿐만 아니라 일을 좀 능숙하게 하는 3~5년 차 아니면 이제 병원과 한몸이 된 10년 차 이상의 시니어에게도 '소진'이라는 육체·정신·정서적 무력감이 다가온다.

그래서 우리는 이를 각자의 방법으로 환기하고 회복해 근무를 이어나가는데 그것이 취미 생활이 될 수도 있고, 아니면 집에서 마치 전원 꺼진 핸드폰처럼 충전 개념으로 회복하는 경우도 많다. 나는 병원에서 오는 육체, 정신, 정서적 소진을 다양한 방법으로 극복해 보려고 애썼는데 대표적으로 운동, 음주, 가무 등이 있다. 하지만 요즘 이들을 제치고 나에게 가장 환기와 회복이 되는 수단은 바로 '연애'이다.

다소 불쾌할 수도 있고, 닭살이 돋을 수도 있지만 누군가를 사랑하고 누군가에게 사랑받는 것만큼 지금 나를 온전히 회복하고 환기하는 것은 '연애'가 유일하다고 생각한다.

병원 생활에 지쳐 밖에서는 온전히 '나'만을 생각하던 사고회로가 타인이지만 그것보다는 특별한, 나의 감정을 쏟아내고 공유할 수 있는 '애인'으로 바뀌었을 때 지금 동안 잊고 살았던 아니 외면하고 있었던 세상과의 소통이 시작되는 것을 느낄 수 있다. 하루의 시작을, 직장에서 업무 중에, 그리고 퇴근 후 집에서의 시간을 공유하는 사람이 있다면 내 삶이 얼마나 특별해지는지 한 번은 경험해 보았을 것이다.

눈을 뜨고 일어나 정신없이 하루를 보낼 준비를 하는 아침에도 이미 깨어 있을지 아니면 아직 자고 있을지 모르는 그 사람을 생각하며 설레는 마음으로 하루를 시작하고, 업무 중 받은 스트레스가 이야기 소재가 되어 서로를 위로해 주며, 퇴근 후 둘만의 시간을 공유하는 이 소통은 너무나 꿈만 같을 것이다. 이렇게 일상의 시간이 소중해지는 경험은 생각보다 기쁘고 놀라울뿐더러 더 많은 순간을 느낄 수 있는 경험을 가져다준다. 이렇게 얻은 에너지는 '소진'에서 나를 회복시킬 뿐만 아니라 나를 더 나은 사람으로 발전시켜주는 엔진 역할을 한다.

더욱이 두 사람의 사랑으로 시작한 이 '연애'는 나에게 나 자신을 되돌아보는 경험을 안겨줄 뿐만 아니라, 미래의 나를 생각해 보게 하는 또 다른 순기능 또한 제공해 준다. 누군가에게 나를 공유하는 행위는 나의 과거와 현재를 상대방과 소통하는 과정에서 내가 어떻게 살아온 사람이었는지, 내가 어떤 사람인지를 되돌아보는 시간을 가질 수 있게 해준다.

이것은 꼭 '애인'이 아니더라도 통용되는 이야기이지만 다른 사람이 아닌 '애인'과 공유하는 행위는 상당히 조심스럽고 나를 심사숙고하게 만든다. 그리고 내가 어떠한 인간이었는지를 정말 고뇌하게 만들어 훨씬 더 나를 집중하여 바라보게 하는 것 같다. 자칫 잘못하다가는 큰 불화를 만들 수 있기에 이 과정은 정말 그 어떠한 경험보다도 나를 성장시켜주는 계기가 되는 것 같다.

물론 누군가는 '이것 역시 에너지를 사용하는 골치 아픈 일이기에 또 다른 '소진'이 될 수 있지 않을까?'라는 생각을 할 수 있고, 나 역시도 그러한 생각이었다. 시간, 돈, 에너지가 '연애'를 하면서 많이 드는 것은 부정할 수 없는 사실이기 때문이다.

그럼에도 '연애'를 이렇게 말하는 이유는, 에너지를 사용하여 더 많은 것을 얻을 수 있다면 그것을 '회복'이라고 말할 수 있지 않을까?

'연애'를 가지고 이해관계를 따지는 것이 심적으로 동감하기는 어렵지만, 굳이 따지자면 잃는 것보다 얻는 것이 더 많기에 나는 '연애'라는 행위를 하는 것이 이롭다는 것이다.

지금까지 '연애'에 대해 너무 장려하는 말들만을 나열하였지만, 내가 굳이 장려하지 않아도 이 수많은 장점을 격려하지 않아도 사람들은 다 알고 있을 것이다. '연애'가 너무나도 아름답고 가치 있는 일이라는 것을.

그러나 힘든 삶 속에서 '연애'의 시작조차 두려워하는 이 글을 보는 모든 이들에게 조금 더 용기를 가지길, 그래서 '소진'으로 고통받지 않고 '연애'라는 행복한 삶의 원동력을 얻기를 바라는 마음으로 이 글을 마친다.

유언(幽言) : '깊고 그윽한 말'

살면서 가볍게 스쳐 지나간 말이 나중에 깊게 기억되고 더 나아가 나의 인생에서 힘든 시기를 버티게 해주는 경험을 한 번쯤은 해보았을 것이다.

처음엔 큰 감동으로 다가오지도, 대단한 말 같지도 않으면서 어느새 힘들 때마다 되새기게 하는 말.

나의 경우 힘들 때나 슬플 때 언제 말해주셨는지 기억도 안 나는, 이제는 하늘나라에 계신 할아버지의 말씀이 생각난다.

"아새끼가 뭐 그런거 가지고 울어, 어깨 피고 다니라, 등 굽는다."

시험을 망치고 방에 들어가 엎드려 밥도 안 먹는 나를 일으켜 세우는 할아버지의 말씀이었다. 그때는 시험을 망치고 속상한 나의 맘을 몰라주는 할아버지가 미워서 더 크게 울었던 기억이 난다. 나는 속상하고 힘든데 아무것도 모르면서 울지 말라며 타박하는 것 같아 서럽기까지 했다.

하지만 이제는 들을 수 없는 할아버지의 투박하지만 걱정 가득한 말이 어째서인지 힘들거나 속상하면 내게 더욱더 선명하게 들릴 때가 많다.

그래서 지칠 때 어려울 때 나는 오히려 어깨를 더 펴는 습관이 생겼다. 그게 움츠러든 나에게 힘이 되는 느낌을 주기 때문이다.

이렇게 잘 떠올려보면 나에게 힘이 되어주는 말을 마음속으로 또는 행동으로 기억하고 무의식중에 힘을 받는 경우가 있을 것이다. 처음에 들었을 때는 가슴에 와닿지 않지만 곱씹을수록 생각나는 말.

우리는 '그윽하다'라는 단어를 분위기를 설명할 때 많이 쓴다. 어떤 사물, 사람의 분위기가 깊고 은은하며 포근할 때 보통 '아 그윽하다.'라고 생각하게 된다. 말은 어떨까? 어떤 말을 들었을 때 나를 포근하게 감싸주고 깊은 진심이 느껴지면서 은은한 느낌을 준다면 그런 말을 '그윽한 말'이라고 하지 않을까?

예를 들어, '고마워.', '사랑해.', '보고 싶어.', '수고했어.', '너를 믿어.', '함께하자.' 등의 말을 들었을 때 나의 마음은 추운 겨울 벽난로 앞 담요에 감싸인 채 엄마의 품속에 있는 아기와 같은 느낌이 드는 것 같다.

그러면 이렇게 마음에 남아 자꾸자꾸 생각나는 이러한 말들을 들으면 왜 아늑하고 힘이 되고 평안할까? 그것은 아마 가식 없이, 꾸밈없이 진심으로 내가 아프지 않길, 내가 힘들어하지 않길 바라는 상대방의 진심이 전해져서지 않을까? 하는 생각이 된다.

이 말과 관련하여 고등학교 동창의 이야기를 소개하고 싶다. 그 친구의 아버님이 돌아가신 장례식장에서의 일이었다. 많은 동창들이 빈소에 찾아와 '괜찮아?', '힘내, 고생이 많다', '기운 내고, 연락하자.' 등 걱정하는 표정과 행동을 하며 위로의 말들을 전했다.

잔뜩 수척해진 그 친구는 '와줘서, 고맙다.'라는 말과 함께 힘없이 그들의 인사를 받아주었다. 시간이 어언 새벽을 지나 아침이 다가올 무렵 자리에 있었는지도 가물가물한 한 친구가 자리를 일어나며 먼 허공을 응시하고 있는 상주인 친구에게 가서 '밥은 먹었어?'하고 한마디를 하더니 어깨를 툭툭 치고 자리를 떴다.

상주인 친구는 한동안 자리에 서 있더니 벌게진 눈으로 우리에게 다가와 '밥 먹자, 얘들아.' 하고 가더니 이틀 온종일 입에 아무것도 넣지 않았던 친구가 자리에 앉아서 우리와 밥을 먹은 기억이 있다.

그때의 일을 되돌려보면 '밥은 먹었니?'라는 말이 아버지를 떠나보내는 슬픔에 온종일 밥을 굶어 수척해진 친구에게 그 어떠한 말보다 간절하게 위로하는 말로 힘이 되었던 것 같다.

친구의 이야기를 생각해 보면 그 어떠한 문장이, 행동이 중요한 것이 아니라 상대방을 위하는 마음이 간절하고 진심일 때 그 말에 힘이 생겨 누군가에게 위로를, 격려를, 감동을 전해주는 '그윽한 말'이 되는 것이란 생각이 든다.

나는 이 글을 읽으면서 우리가 딱 두 가지만 생각해 보았으면 좋겠다. 나는 누군가에게 '그윽한 말'을 들어본 경험이 있는가? 그리고 내가 누군가에게 '그윽한 말'을 해준 경험이 있는가?

이 두 가지를 생각하다 보면 우리가 행복한 삶을 살고 있다는 생각을 할 수 있을 것이다. 나는 혼자이지 않고 나를 생각해 주는 사람이 있으며, 그 사람은 진심으로 내가 평안하길 위하는구나, 그리고 내가 진심으로 위하는 사람이 있고, 그 사람이 정말 잘 되길 바라는구나 하고 말이다.

힘을 주는 누군가가 곁에 있고, 내가 누군가에게 힘이 되어주는 사람이 되기가 현대사회에서 정말 쉽지 않은 일이다. 진심을 담은 교제를 하기가 어려워진 현대에서 이제 '그윽한 말'을 들어본 경험도 해본 경험도 가물가물해져 갈 것이다.

그러한 현대에서 진심을 보여준 상대에게 이용당할까 봐 두려움이 앞서 마음의 문을 꼭꼭 닫은 우리에게 이 글이 용기를 되었으면 좋겠다. 그래서 많은 사람들이 '그윽한 말'로 누군가에게 힘이 되어주는 경험을 하고 누군가에게 '그윽한 말'로 힘을 얻는 경험을 해보았으면 좋겠다.

작게 퍼진 '그윽한 말'들이 우리의 삶 곳곳에 은은하게 스며들어 알게 모르게 서로의 힘이 되어주는 세상이 되었으면 좋겠다.

우리가 하는 모든 말은
유언이 될 준비를 하고 있습니다.

미안합니다.
고맙습니다.
사랑합니다.

손
지
현

Lion

더불어 살아간다는 것

세브란스에는 다양한 직군의 사람들이 함께 일하고 있습니다. 그중 환자분을 마주하지 않고 병원을 돌보는 곳이 있습니다. 그곳은 바로 "사람을 살리는 디지털"이라는 비전을 가진 연세의료원 디지털헬스실입니다. 원내 IT 서비스를 담당하여 관리, 운영하는 곳입니다. 저는 이곳에서 홍보물 가이드라인을 수립하고, 이에 따라 콘텐츠와 웹페이지 등을 기획, 제작하는 일을 하고 있습니다.

매일 '어떻게 하면 읽는 분들의 시간을 아낄 수 있을까. 어떻게 하면 새로운 서비스를 더 쉽게 이용할 수 있도록 도울 수 있을까.'하고 끊임없이 고민하는 일을 합니다. 콘텐츠 문구를 수정하고 디자인하는 일에서 무수한 수정은 불가피합니다. 끝 모르는 수정으로 눈이 빨개지고, 머리가 지끈지끈해지기도 합니다. 하지만 저는 이 과정이 재밌습니다. 정돈된 것 앞에서 편안함을 느끼는 오랜 강박이 업무에서는 꽤 도움이 되는 것이죠. 하지만 제가 이처럼 일을 즐길 수 있었던 근본적인 이유는 따로 있습니다.

입사하고 얼마 되지 않아 콘텐츠 가이드라인과 템플릿을 제작하는 업무를 맡게 되었을 때의 일입니다. 현재 발행되는 모든 콘텐츠를 분석하고, 통합 기준을 제시하고, 누구나 사용할 수 있는 템플릿을 만드는 프로젝트는 (전 직장에서 경험해 본 일임에도 불구하고) 신입에게는 아주 큰 산처럼 보였습니다. 하지만 처음 맡게 된 큰 업무이니 잘해보고 싶었습니다. 혼자서 며칠을 정수리 끝이 뜨끈뜨끈해질 정도로 고심했습니다. 그러다 차장님과 과장님들께서 신입교육 때 해주신 말씀이 생각났습니다. 언제든 고민이 있거나, 문제가 있을 때 편하게 말해달라는 천사 같은 조언이었죠. 하나같이 그 말을 건네주시는 걸 보고 참 따뜻한 조직이구나, 생각했었습니다. 처음 맡은 장기 프로젝트라 책임감과 더불어 주도적으로 일을 해야 한다는 압박감에 그 말을 까맣게 잊고 있었던 것입니다.

처음 받았던 온기를 믿고, 과장님께 다가가 고민을 털어놓았습니다. 그때 제가 받은 조언은 두고두고 꺼내 쓰는 귀중한 자산이 되었습니다. "두 가지만 기억해. 첫 번째는 '가랑비에 옷 젖는다'라는 말이 있잖아. 아주 조금씩, 아주 조금씩만 한다고 생각해 보면 좀 더 가벼워질 거야. 그리고 두 번째는 '던지기'야. 최선을 다해 한 부분까지만 팀에게 '공유'해. 그리고 다른 사람들의 아이디어를 듣는 거지. 뭐든 한 번에 완성될 수는 없어. 모두가 과정이라는 걸 알고 있으니까 처음부터 완벽할 필요도 없어. 이걸 기억하면 어떤 장기 프로젝트라고 해도 수월해질 거야." 한 여름에 내리는 비를 맞은 듯한 느낌이었어요. 명쾌한 대답에 몸에 오른 열기가 일순간 사라지는 경험을 할 수 있었습니다. 동시에 부끄럽기도 했습니다. 콘텐츠 제작에는 수정이 당연하다는 걸 알고 있었으면서도, 초심자의 마음으로 잘해보고자 하여 힘이 들어갔던 겁니다.

주도적이라 생각했던 마음은 오만에 가까웠던 거고요. 책임감을 가지고 처음부터 좋은 결과를 내고 싶었던 건, 틀리고 싶지 않다는 방어 기제였던 겁니다. 결과물은 제가 아닌데도 말이죠. 이 모든 걸 인정하면서 저는 좀 행복해졌습니다. 이렇게 건강한 의견을 나눌 수 있는 팀에 속해 있다는 건 큰 행운이야, 하면서요. 그 이후 더 활발히 교류하고 문제를 개선하며 '함께 해야 멀리, 효율적으로 나아갈 수 있다는 것'을 몸으로 익히고 있습니다.

이처럼 세브란스에는 다양한 직군의 사람들이 함께 일하고 있습니다. 제가 일하는 디지털헬스실이 병원에 속해 있으면서도 환자분들을 직접적으로 마주하는 부서는 아니지만, 임직원분들의 노고와 헌신을 가장 자주 생각하는 곳이기도 합니다. 팀원 분들 덕분에 더불어 살아가는 것의 힘을 배웠고, 동시에 세브란스 임직원 모두가 함께 세상을 살리고 있다는 것을 알고 있습니다.

그렇기에 마주치는 모든 분들이 귀합니다. 임직원분들에게는 존경의 마음을 담아서, 환자분들께까지도 건강한 에너지가 전해질 수 있도록 오늘도 소중한 동료들과 합심하여 제작물을 만들고 있습니다.

유언(有言) : 나무의 언어를 듣는 시간

같은 얼굴을 하는 하루는 단 하루도 없죠. 제 아침 출근길은 매번 새롭습니다. 병원과 대학을 끼고 있어서 어떤 선택을 하느냐에 따라 만날 수 있는 장면이 훅훅 달라지기 때문입니다.

다양한 경우의 수 중에서 가장 선호하는 길은 학교 정문을 지나 곧게 뻗은 가로수길로 통하는 것입니다. 그 경로를 좋아하는 이유는 자연을, 그중에서도 나무를 가장 많이 만날 수 있기 때문입니다.

입구를 지키는 든든한 소나무, 낮에도 파란 하늘에 별을 띄우는 청단풍 나무, 잎의 뒷면이 은색이라 바람이 불면 마치 윤슬처럼 빛나는 은백양 나무. 시월이면 샛노란 열매가 총총히 열려 인기가 좋은 모과나무, 여름을 머금고 푸른 향을 내는 둥근 향나무. 매일 아주 조금씩 다른 얼굴을 보여주는 나무들. 그 변화를 관찰하는 아침을 좋아합니다. 여기에 기분이 좋아지는 노래까지 더해져 발걸음이 가볍습니다.

이쯤 되면 조금 뻔한 출근길 같겠지만, 둥근 향나무를 지나 박물관을 끼고돌면 이야기가 달라집니다. 길 한쪽, 현대식 건물에 가려져 있던 한옥 대문이 불쑥 나타나기 때문입니다. 갑작스러운 한옥이라 처음에는 발 들이기가 쉽지는 않지만 용기 내어 대문을 지나면 훅- 다른 세상이 펼쳐집니다.

정성껏 돌보아진 잔디밭과 삼층석탑, 아득한 높이의 나무들 그리고 우리나라 최초 근대식 병원 제중원이 있습니다. 공간을 둘러싼 울창한 메타세쿼이아 덕분에 동떨어진 세상에 불쑥 초대된 것 같습니다. 좋아하는 곡이 흘러나오던 이어폰을 뺍니다. 노랫소리가 사라진 자리에 금세 나뭇잎 흔들리는 소리가 잔잔하게 채워집니다.

반가운 마음을 안고 정원 돌길을 따라서 광혜원 뒤쪽으로 갑니다. 그곳엔 아주 커다란 떡갈나무 한 그루가 살아있습니다. 널찍한 잎을 지녔고, '얼마나 오랜 기간 이곳을 지켰을까.' 싶은 생각이 드는 아주 거대한 나무입니다. 그 앞에 서면 경이롭고 든든한 감각이 동시에 듭니다. 저는 마음속에 피어난 물음을 말로 표현하기 어려울 때면 그 나무 앞에 섭니다. 그리고 손을 나무 가까이에 댑니다. 나무가 싫어할 수도 있으니까 1cm 정도 거리를 두고 충분히 가까이.

그렇게 잠시 나무와 침묵의 시간을 나눕니다. 그러면 마음에서 간결한 소리가 들립니다. 힘든 날에는 '괜찮아. 괜찮아.' 무언가 해결해야 할 일이 있을 때 '충분해. 이미 충분해.'라는 목소리가요. 그 소리를 듣고 나면 정말 마법처럼 마음이 괜찮아지고, 충분해집니다.

사실은 제 내면의 소리를 듣는 작업이지만, 일상에서의 저는 주로 수다쟁이이기 때문에 이 단정한 언어를 제 마음대로 나무의 소리라고 믿기로 합니다. 어릴 때 산타 할아버지를 믿었던 마음처럼요. 어른이지만 이런 믿음 하나쯤은 있어도 괜찮지 않을까요?

  "생이 기부가 되었으면 좋겠다."라는 신념을 지켜내기가 쉽지 않은 날들이 있습니다. 서툰 날도 있고, 욕심이 생기는 날도, 제 안의 모순과 다투는 일도 있고, 조금 작아지고, 날 선 모습이 되기도 해요. 그럴 때면 저는 자연을 만나러 갑니다.

  자연은 우리 모두가 자연의 일부라는 사실을 몇 번이고 다정하게 알려줍니다. 그러면 편안해지고 겸손해집니다. 순수하게 세웠던 신념을 돌볼 힘이 생기는 순간이지요. 그래서 아침마다 마음을 정갈하게 하는 방법으로 나무를 만나는 길을 자주 택합니다.

  사락사락 흔들리는 대나무 무리와 여름에도 고운 목련 나무를 지나면 출근길이 끝이 납니다. 드디어 최종 목적지에 들어섰습니다. 그리고 오늘 풀어야 할 문제들을 마주해요. '괜찮아. 충분해.'라는 나무 향 나는 든든함을 지니고요.

  당연하게 주어지는 하루 같지만, 매일 나무를 살펴보면 같은 하루는 단 하루도 없다는 걸 알게 됩니다. 우리가 매일 아침 선물 받는 하루. 이 소중한 생을 시작하는 방법으로는 여러 가지가 있습니다. 나무의 언어를 듣는 시간. 이처럼 자신만의 고요한 시간을 아주 잠시라도 가지면 자신이 찾던 말은 이미 마음 안에 있었다는 걸 알게 됩니다. 덕분에 하루를 기쁘게 시작해요. 오늘도 감사합니다.

秋

|3장| 겸손을 말하다

덕분에 나의 삶은 즐거웠다는 것을.
활짝 웃는 내 얼굴과 웃음소리를 기억해줘요.
내 앞에 서 있을 당신도 웃어주기를.

이

현

경

March

初心: 첫 마음가짐

휴일이 끝나는 날만 되면 출근이라는 막연한 불안과 불쾌한 감정에 휩싸인다. 잠이 드는 순간 달콤한 휴일이 끝난다는 아쉬움에 눈이 말똥 말똥해진다. 불과 몇 시간 후 후회하며 일어날 것을 알면서도 기어코 늦은 잠을 청한다.

알람 소리에 눈을 뜬다. 여러 개 맞춰놓은 알람을 무시해버리고 마지막 알람까지 듣고 나서야 어설피 깬다. TV 광고에 나오는 모델처럼 기지개를 켜고 맑은 정신으로 일어나는 것은 나에겐 환상에 불과하다. 서른이 코앞인 오늘도 여전히 아침에 눈 뜨기 힘들다. 화장을 10분 컷으로 후딱 끝내고 헐레벌떡 시간 맞춰 버스에 올라탄다. 출근 준비는 누군가에게 쫓기듯 늘 바쁘고, 달에 한 번씩은 버스를 놓쳐 강제 택시 행이다. '오늘은 일찍 자자, 5분만 일찍 일어나서 내일은 여유롭게 버스 타야지…' 역시나 그때뿐이다. 부끄럽지만 그렇게 6년째 헐레벌떡 출근하고 있다.

"안녕하세요" 인사와 함께 간호사 이현경으로 출근한다. 비품약을 점검하고, 물품을 챙기고, 대기 환자 명단 확인 후 8시 땡 업무를 시작한다.

"성함과 등록번호 확인하겠습니다." 환자 확인 후 검사 준비와 동시에 간단한 설명 후 검사를 시작한다. 검사 중 심근 허혈을 시사하는 ST 분절의 변화 및 부정맥의 발생과 더불어 환자의 증상을 확인한다. 검사 중 특이 사항이 없으면 순차적으로 30분 단위의 검사를 반복한다. 검사실에서 이루어지는 반복적인 루틴 업무로 가끔 안일해질 때도 있다.
그러나 언제든 응급상황이 발생할지 모르는 긴장감도 늘 존재한다. 나의 업무는 심장 기능검사이며 그중에서 부하검사 즉 심장에 스트레스를 주는 검사를 하고 있다. 응급상황 발생이 빈번한 검사라 검사 도중 심실빈맥이나 심실세동, 심정지와 같은 긴급한 처치가 필요한 응급상황들이 일 년에 한두 번꼴로 발생한다. 응급상황이 생길 땐 검사실에 상주 중인 의사와 동료 간호사들이 즉각적으로 달라붙어 속전속결 응급처치를 한다. 그 후 환자의 집중 치료를 위해 응급실이나 중환자실로 입원시킨다. 같이 일하는 선배 간호사, 동료들이 늘 든든하다.

오전 검사가 끝나갈 때쯤 시계를 올려다보면 점심시간이다. 병동에서 교대 근무를 하다가 검사파트인 상근직으로 내려와서 가장 행복했던 것은 점심시간이 확보돼 있다는 점이었다. 아침 끼니 챙길 여유 없이 출근해서 정신없이 일하다 먹는 점심은 엄청난 복지이다.

종종 까칠한 환자를 응대하며 진땀을 빼기도 하고, 동료 간의 관계에서의 어려움을 겪을 때도 있지만, 퇴근하는 순간에는 복잡하고 힘들었던 감정을 날려버린다. 정신건강을 위해 부정적인 감정에 매여 있지 않고 넘기려 애쓴다. 그렇게 하루하루 버티다 보니 벌써 입사한 지 6년 차가 되었다. 신규 간호사 시절을 회상해 보면 사회 초년생이었던지라 직장에서 만나는 사람들과 관계를 형성하는 것에 대한 어려움도 있었고, 생명과 직결된 직업인지라 책임감에 대한 스트레스를 어떻게 풀지 몰라 울기 바빴던 때가 있었다. 지금은 환자들의 불평이나 불만 사항들을 능숙하게 해결하고, 이성적으로 감정을 조절하며 업무에 있어 나름 능숙해졌다. 그때와 비교하면 무척이나 성장했다.

나의 주말은 직장에서 묵혔던 피로를 풀고 일상에서 즐거움과 자유로운 '나를 찾기' 위해 시간을 보낸다.

첫 번째는 일상 중 즐거웠던 순간과 기억을 남기기 위해 블로그에 글을 올리는 것이다. 입을 즐겁게 했던 맛있는 음식점 후기 남기기, 전시회나 휴양지 방문 후기나 팁 올리기 등 정보를 공유하고 그때의 기억하고 싶은 감정이나 느낌을 남긴다. 사진과 영상을 첨부하며 기록으로 남기는 즐거움을 발견했다.

두 번째는 '도전하고 싶었던 것 또는 새로운 것들 배우기'를 시도하고 있다. 20대의 끝자락을 후회 없이 보내고 싶기 때문이다. 작년부터 지금까지 시도하였던 것을 나열하면, 몸치 탈출이라는 목표를 세워 K-pop 춤을 배웠고, 180° 다리찢기를 목표로 발레도 배웠다. 아쉽게도 태생이 뻣뻣한 막대기로 타고났기에 몸치 탈출은 하지 못했고, 180° 다리찢기도 성공을 못 했지만, 6개월간의 꽤 의미 있는 도전이었다. 또 골프라는 스포츠를 배웠다. 아이언 7번 채로 첫 스윙만 3개월 동안 배웠다. 골프는 배울수록 매력 있는 스포츠라 너무 재밌었지만, 배울수록 경제적으로 부담이 되는 스포츠라 여유가 있을 때 배우기로 잠시 보류해 두었다. 앞으로도 테니스, 폴댄스, 클라이밍 등 다양하게 배워볼 예정이다. 꾸준히 하는 것도 당연히 중요하지만, 어떤 취미가 나에게 제일 맞는지 알아가는 과정도 중요하기 때문이다. 움직이는 활동을 통해 일로 지치고 피로에 찌들어 굳은 근육과 관절들을 움직이며, 본격적인 취미 찾기와 함께 일상에 활력을 얻고 있다.

마지막으로 글쓰기 모임 활동이다. 평범한 내가 글을 쓰고 책을 낸다는 것은 무척이나 어려운 도전이었다. 생각을 꺼내서 글로 정리하고 사람들 앞에서 소리 내 들려주기까지 얼마나 설레고 즐거운 건지 시작하기 전에는 전혀 알지 못했다. 피드백을 받고 이야기를 주고받는 시간은 엄청난 힐링이다. 모임을 통해 멋진 사람들을 만나 좋은 기회로 책을 쓸 수 있는 경험은 나에게 긍정적인 자극을 주고 있다. 이번 활동을 밑거름 삼아 향후 오롯이 나만의 글을 담은 책을 출간해 보리라 나의 버킷 리스트에 적어 놓았다.

요새 인생의 즐거움이 무엇인지, 행복이란 무엇인지에 대해 원초적인 고민을 하게 되는 시기인 것 같다. 나의 업인 간호사의 자부심과 직업 만족도에 대해 스스로 질문을 던져보며 진지하게 고민해 본다. 작년 번아웃이 심하게 왔던 시기에 나의 손끝을 스쳐 가는 무수히 많은 환자에게 메마른 감정으로 기계적인 간호를 하는 나의 모습을 반성하며 첫 마음가짐, 초심(初心)을 되새겨 보았다.

진정성 있는 간호를 꿈꾸며 진로를 선택했던 나의 첫 마음가짐과 내가 추구하는 간호의 가치인 공감과 경청의 중요성에 대해 되짚어 본다. 앞으로도 내가 선택한 직업적 책임 의식을 가지고 환자들의 건강한 심장을 뛰게 할 수 있도록 따뜻한 간호를 제공하며 보건 분야에 이바지하겠다고 다짐하며 이글을 마친다.

내 삶의 원동력 '감사'

죽음에 대해 생각해 본 적이 언제였던가 생각에 잠긴다. 죽을 뻔했던 아찔한 순간들, 할아버지의 죽음으로 인해 슬프고 힘들었던 감정들, 주변에 사랑하는 사람들이 죽을까 봐 걱정되고 두려워했던 기억들이 떠오른다. '나의 죽음은 어떨까?' 떠올려 보니 세상 속에서 나의 존재가 사라진다는 슬픔보다는 남겨진 내 가족, 친구들의 슬픔이 먼저 걱정이 되었다. 그래서인지 소중한 나의 사람들과 나를 스쳐 간 흔적들에 감사함을 남기고 싶다.

어렸을 적 나는 말괄량이였다. 내가 살던 아파트에 같은 또래가 12명 정도 꽤 많이 있었다. 나는 그중에 목소리가 컸고, 고집도 무진장 셌던지라 내 위로 한두 살 많은 동네 언니들이 있음에도 불구하고 동네를 휘젓고 다녔다. 나를 잘 따라주었던 두 명의 동갑 친구들과 함께 삼총사라 칭했고, 나의 어린 시절은 그들이 있어 든든했다. 돌멩이를 갈아 마법 가루라고 칭하며 마법 놀이도 하고 잠자리와 매미를 잡으러 다니면서 아침부터 해가 저물 때까지 놀이터를 누볐던 즐거운 기억들로 가득하다. 삼총사 친구들은 엄마 배 속에서 태어나자마자 만난 옆집, 아랫집 친구들이자 어린 시절 함께 끈끈한 우정을 나누며 자란 나의 첫 친구들이다. 물론, 마음이 안 맞으면 삐지고, 싸우기도 했지만 화해하는 과정에서 사과하는 법도 배웠고 양보의 미덕을 배우기도 하고 남을 위하는 방법도 자연스레 일찍 터득했다. 오랜만에 만나도 거리낌 없이 편하게 이야기를 터놓을 수 있는 삼총사 친구들, 혜림이 지혜가 있어서 항상 든든하다. 어릴 적 추억거리를 함께 꺼내어 나눌 수 있는 너희를 만난 건 내 삶의 보물을 얻은 것과도 같다. 너희들이 있어 나의 어린 시절은 행복하고 감사했다.

말괄량이였던 내가 철이 들었던 시기는 어머니가 크게 아프면서였고, 그때쯤 간호사의 꿈을 품었던 계기가 되었다. 아버지가 언니와 나를 불렀다. 아마도 내 나이 13살, 초등학생 6학년 때였을 것이다. 호랑이처럼 무섭고 엄격했었던 아버지의 눈시울이 붉었다. 강한 아버지에게서 보는 처음 보는 눈물이었다.

"엄마가 매우 아프대, 서울병원에서 치료받아야 해서 집에 없는 날이 많이 있을 거야. 치료가 잘 안되면 마음의 준비도 해야 할 수도 있어. 엄마가 치료에 집중할 수 있도록 착하게 엄마, 아빠 말 잘 들어주면 좋겠어. 엄마를 위해 기도하자"

마냥 놀기 좋아하고 해맑았던 내가 엄마의 죽음을 생각하게 되었다. 어릴 때라 엄마가 얼마나 아픈지 정확히 알진 못했지만, 갈수록 기운이 없고, 머리카락이 뭉텅이로 빠지는 병약한 모습들을 보며 엄마가 죽을지도 모른다는 무서운 감정들과 항상 마주했다.

30대 초반의 젊은 나이에 직장암 4기 판정받고 절제 수술과 항암치료를 받으며 입원을 여러 차례 반복하셨던 엄마와 떨어지기 싫어 여름, 겨울 방학 때마다 엄마의 입원 병실에서 며칠 간병을 했었다. 주기적으로 엄마의 상태를 사정하고, 주사 약제를 주입하는 간호사 선생님들을 보며, 나도 커서 엄마를 간호하고 싶다는 꿈을 품었다. 어머니는 항암치료 중 암세포 재발과 전이로 한 차례 더 고비가 있었지만, 현재는 완치판정을 받았고 건강도 회복하셨다. 병원에 근무하며 어린 자녀가 있는 젊은 암 환우분을 보게 되면 그때 어머니의 모습이 겹쳐 보여 마음이 시큰거리고 무거워진다. 항암치료 중 암세포 재발과 전이로 한 차례 더 고비가 있었지만, 현재는 어머니는 완치판정을 받았고 건강도 회복하셨다. 제2의 인생을 바쁘고 멋지게 살고 있는 어머니가 항상 존경스럽고 사랑스럽다. 나에게 있어 가장 소중한 사람인 엄마의 건강은 나에게 큰 행복이었다.

하나밖에 없는 피붙이이자 사춘기를 잘 견딜 수 있도록 길잡이가 되어준 모범생, 두 살 터울에 언니에게 감사한다. 언니를 항상 이겨 먹으려 했던 철부지 동생을 감당해 주고 감싸준 당신을 만난 건 행운이라고 생각한다. 성장할수록 언니를 많이 의지했고 따르며 배웠다. 공부를 꾸준히 잘했던 언니가 부러웠고, 언니보다 더 잘하고 싶어 밤새 공부도 했었다. 덕분에 500명 중 전교 7등도 해보고, 중학교 졸업할 땐 성적이 우수한 학생에게만 주는 종합 성적 우수상을 받고 졸업했다. 언니는 나에게 선한 영향을 주는 존재였고, 여전히 그렇다. 지금 시점에서 돌이켜 생각해 보면 어머니가 아팠을 때 언니도 중학생이고 사춘기였을 텐데 밥 챙겨주고, 숙제 도와주고 묵묵히 동생을 챙겼다. 흔하디흔한 자매들의 치열한 몸싸움조차 경험해 보지 못한 게 아쉬울 정도로 착하디착한 언니를 만나서 감사하고, 언니의 존재는 항상 든든했다. 지금은 멋진 형부를 만나 가정을 꾸리며 행복한 신혼 생활을 하는 언니, 배울 점 많고 기댈 수 있는 '나의 언니'라서 감사하다.

스무 살이 되어 대학교에서 만나 십중팔구, 합이 맞는 인생 친구, 유리를 만나게 된 것도 감사하다. 덕분에 4년간의 대학 생활을 즐겁게 보낼 수 있었다. 도전하는 것에 거침없고, 일단 해보자는 긍정 에너지 폭발인 너를 만나 긍정적인 에너지를 많이 얻을 수 있었다. 찰떡궁합인 너를 만나서 웃음이 끊기지 않았고, 혼자라면 두려워서 시도조차 해보지 못할 일들을 둘이라서 도전해 본 덕분에 새로운 것들을 경험할 수 있었다. 너와 함께 대학 시절 에피소드와 추억거리들로 가득 찬 20대를 공유할 수 있어서 너무 행복하다. 부학회장을 맡아 학생회 활동으로 양해를 구할 때가 많았는데 기다려주고, 스트레스로 인해 처음 겪었던 위경련 때문에 수업 중에 엎드려서 어찌할 바를 모르고 있을 때 나를 둘러메고 병원에 데려가 준 너, 즉흥적으로 새벽 영화 보고 늦잠 자서 생애 처음으로 원어민 수업 땡땡이쳤던 일탈, 시험 기간에 공부하자고 만나놓곤 맥주 마시고 밤샘 포켓볼 쳤던 대학생의 패기와 일일이 적지 못할 청춘의 일탈들이 너무너무 그리울 때가 많더라. 일하면서 지칠 때마다 그때를 생각하면서 피시 피식 웃을 수 있는 힘이 되고, 수억을 줘도 못 바꿀 추억이다. 너랑 있어서 대담했고 슬픈 일도 즐겁게 넘길 수 있었던 소중한 기억을 만들어 줘서 감사하다.

인생에 힘든 고비를 떠올려 보니 수능을 망쳤을 때 인생이 끝났다며 울고불고 식음 전폐했던 기억이 난다. 대학이 인생의 전부인 줄 알았지만, 대학 진학을 하며 다양한 사람들을 만나고 경험하며 깨달았다. 인생의 전부는 아니라는 것을.

취업을 준비는 두 번째 고비였다. 병원 취업을 준비하며 4년간 차곡차곡 쌓인 학점과 등수, 자격증, 교내외 활동들을 정리하고, 면접 준비를 하면서 자존감도 떨어지고, 함께 공부했던 친구들과 경쟁한다는 것이 심적으로도 힘들었던 기억이 난다. 학생의 신분에서 벗어나 어엿한 사회인이 되기 위해 불가피한 필요한 과정이었다. 감사하게도 원했던 병원 여러 곳에 합격했고, 나는 세브란스의 간호사가 되었다. 졸업하자마자 3월에 입사해 홀로서기를 했던 그해는 인생에서 제일 힘들었던 고비였다. 그때를 다시금 떠올려 보면 스스로가 대견스럽고 안타까웠던 기억들이 새록새록 난다. 생각해 보면 많이 배웠고, 그때 겪었던 모든 과정이 현재 많은 자양분이 되었다. 그래서인지 신규간호사를 만나면 그때의 내 모습이 생각나 더 반겨주고, 궁금한 점에 대해 하나라도 더 알려주고 싶어진다. 힘들고 지칠 때마다 항상 지지해 주고 격려해 주는 선생님, 동료, 좋은 사람들이 내 주변에 있다는 것이 참 감사할 따름이다.

한 글자 한 글자 적어 보니 감사한 일 많고, 대가 없이 나를 좋아해 주고 아껴준 친구들, 동료들이 있었음에 내가 얼마나 소중한 사람이었는지를 깨달을 수 있었다. 아쉽고 후회되는 날보다 즐겁고 행복했던 날들이 훨씬 많았음에 눈가가 촉촉해진다.

짧으면 짧고, 길면 긴 30년도 채 안 되는 인생을 산 이 시점에서 내가 누구였고 나는 어떤 사람인지 번아웃이 왔던 혼란한 20대의 끝자락에서 나라는 사람을 마주해 볼 수 있는 귀중한 시간이었다. 왜 살아가는지에 대한 막연한 힘듦과 어려움을 가지고 있는 분들이 있으면 감사함에 대해 써보도록 권유해 보고 싶다. 내 삶을 되짚어 보며 앞으로 내가 어떠한 삶을 살아야 하는지 중심을 잡을 수 있게 되었기 때문이다. 감사한 사람들과 주변을 돌아보며 한층 더 지혜롭고, 성숙하게 살아보리라. 이렇게 내 글도 마무리 지어본다.

후회 없는 삶을 위해 달려가는 사람

정 성 안

Bella

미성숙한 나를 완벽으로 다듬는 그곳 세브란스

나는 참 뭐든 간절한 아이였다. 종이 인형이라는 별명을 가지고 있었던 나는 입, 퇴원이 잦았고 다들 싫어하는 병원 특유의 냄새를 맡으면 난 마음의 안정을 찾았다. 학창 시절에는 당연히 병원에서 일하는 사람이 되겠다고 결심했고, 고등학교를 졸업하며 대학 원서를 써야 하는 그 순간에 부모님의 반대에 무릅쓰고 간호학과 진학을 간절히 희망한 나는 간호학과에 입학했다. 열심히 청춘을 즐기고 열심히 공부한 나는 그렇게도 바라던 세브란스에 입사했다.

입사만 하면 천국이 펼쳐질 것이라 짐작했던 내 생각은 보기 좋게 빗나갔다. 새벽 찬 공기를 마시며 출근하고 남들은 일과를 다 마친 어두컴컴한 저녁에 출근하는 일은 적응이 되지 않았다. 그보다 더 무겁고 힘들었던 일은 중증도 높은 암 환자들이 담당 간호사인 나를 기다리고 있다는 점이었다.

하루하루가 버거웠고 쉽지 않았지만 시간은 나의 연차와 함께 서서히 지나갔다. 선배님들이 시간이 약이라고 했던 말들을 이젠 내가 후배들에게 해주고 있다. 긴급상황이 아닌 일들은 자신 있게 빠르게 처리할 수 있는 중간 연차가 되었다. 긴급상황이 생긴다고 하더라도 당황보다는 '무조건 살린다.'는 신속하고 정확한 처치에 자신이 생겼다.

평범한 날이었다.

"환자분 편히 주무셨어요? 혈압 재고 상처 부위 좀 볼게요!"

갑상선암 수술을 한 H 환자 상처 부위가 붉고 부어 보였다. 혈압이나 산소포화에 이상은 없었으나 수술 부위를 촬영 및 전산 등록하고 바로 담당 의사 선생님에게 알렸다.

아침 식사 후 경구약 투여하고 지켜보자는 말을 환자에게 전달했다. 8시 경구약을 가지고 갔는데, 환자가 숨쉬기가 불편해하고 발작적인 기침, 통증 호소와 함께 고열이 났고 수술 부위도 더 부었다. 바로 처치실로 이동 및 산소공급, 산소포화도 모니터링, 응급 수술의 가능성으로 금식이 필요하다는 설명을 했다. 2년 차 레지던트 선생님이 내려와 환자의 상태를 함께 살폈다. 곧 퇴원 예정이었던 환자에게 다시 정맥주사 필요성과 보호자가 다시 내원해야 한다고 알렸다.

10명의 환자를 보며 라운딩을 2시간마다 돌며 환자 상태를 확인하지만 2~3분 간격으로 계속 처치실에 들르며 환자의 수술 부위 상태, 산소포화도, 호흡곤란을 호소하지는 않는지 살폈다. 다행히 비교적 빠르게 응급 수술에 들어갈 수 있었고 코로나 검사를 하고 오신 보호자께서는 이미 수술 들어간 환자의 빈 병상을 보며 눈물을 흘렸다. 지푸라기를 붙잡는 심정으로 이것저것 물어보시는 보호자를 외면할 수 없었다. 내가 환자의 수술 부위를 처음 보았을 때 사진, 대처, 응급 수술을 들어가기까지의 함께했던 과정들을 상세히 설명했고 조금은 진정이 된 것 같았다.

약간의 시간이 지나 환자분은 언제 그랬냐는 듯이 무사히 병실로 나왔다. 보호자는 환자를 보고 눈물을 흘렸다.

난 뒤돌아 안도의 한숨을 쉬었다. 산소포화도를 포함한 모든 활력징후가 정상이었고 환자분도 웃으며 "이제 살겠어요. 감사합니다." 말씀하시는 것을 보고, '아, 정말 다행이구나.' 생각했다.

입사하기 전 감정표현에 솔직하고 하얀 도화지같이 투명했던 나는 세브란스를 만나 성숙하게 다듬어졌다. 이런 응급상황이 처음이 아니어도 나는 환자가 혹여나 상태가 안 좋아져 더 큰일이 생길까 봐 참 마음이 두렵고 걱정되었다. 의료인이라는 책임감, 환자 보호자에게 안정감을 주어야 한다는 생각에 의식적으로 더 노력하고 나의 감정을 덜어내는 방법을 배워갔다.

병원에서의 모든 긴장감과 생각들을 내려놓고 온전한 나를 쉬게 하는 곳, 바로 나의 집이다. MBTI 외향형인 내가 입사하고 나서는 쉬는 날이면 집을 찾는 것이 친구들도 모두 의아하게 생각하지만 난 온전히 내 몸을 뉘고 뒹굴뒹굴할 수 있는 공간이 참 소중하고 감사하다.

"넌 집에서 대체 뭘 하니?"

물으면 난 자신 있게 집에서의 내가 참 바쁜 일과를 보낸다고 대답한다. 일단 집 청소를 깨끗이 하고 뽀송한 이부자리에 누워 잠을 10시간 이상씩 잔다. 잠을 너무 과도하게 자면 좋지 않다는 말도 있지만 난 잠을 포기할 수 없다.

일주일에 두 번은 꼭 헬스장에 가서 운동한다. 처음엔 몸매 관리를 위해서 했지만, 점점 늘어나는 체력을 몸으로 느끼게 되니 재미에 푹 빠져서 나와 약속했다.

푹 자고 일어나서 창문을 활짝 열어놓고 따듯한 차 한잔 마시고 누워서 티빙, 넷플릭스, 유튜브 등 미디어 세상을 탐험한다. 사실 누워서 미디어 세상을 탐험하면 하루는 순식간이지만 너무 오래 보지는 않으려 노력한다. 한 달에 두 권씩 책을 꼭 읽으려 약속했다. '글EG' 활동에서 글을 잘 쓰시는 분들과 어울렸고, 나도 더 나은 글을 쓰는 사람이 되었으면 하는 생각이 들었기 때문이다.

시야가 탁 트인 바다, 번아웃이 오거나 몸과 마음이 힘들 때는 항상 난 바다를 찾는다. 분기별로 한 번씩은 꼭 여행을 간다. 코로나로 입사 후 해외는 한 번도 가지 못했다. 하지만 사랑하는 사람들과 국내의 숨어있는 보석 같은 아름다운 바다를 찾는다. 하염없이 바다를 바라보며 스쳐 지나가는 생각들과 고민을 바다에 풍덩 빠뜨리는 순간들을 참 더없이 행복한 시간이라 생각하며 난 항상 바다를 찾는다.

세브란스 안과 밖의 나는 참 다르다. 쉼 없이 움직이고 활동하는 원내의 모습과 함께 여유롭고 평온함을 즐기려고 하는 세브란스 밖의 내 모습 전부를 나는 사랑한다.

　투명한 도화지, 어쩌면 거친 원석인 나를 하루하루 지날수록 빛이 나고 아름답게 정돈된 모습의 나로 만들어 주는 세브란스, 미성숙한 나를 완벽으로 다듬는 그곳 세브란스를 난 사랑한다.

유언(遺言) : 내가 사랑한 모든 이들에게

1996년 햇빛 좋던 어느 날, 어렵게 태어난 나.

뒤돌아 생각해 보면 사랑받으며 살아온 날들이 참 귀하고 값진 날들이었다는 것을 삶의 마감을 생각하며, 새삼 깨닫게 됩니다.

어머니, 아버지는 저에게 항상 말씀하셨지요.

항상 의욕 넘치고 승부욕이 강한 저에게 아래를 보고 베풀며 살라고. 철없던 젊은 날의 저는 왜 나보다 훨씬 배울 점 많고 훌륭한 사람들이 차고 넘치는데 아래를 보고 살아야 하냐고 반문했습니다. 나의 발전을 위해 난 위만 보고 앞으로 나아가며 살 것이라고 말대꾸했습니다. 그런 저를 보며 빙그레 웃으셨지요. 베풀며 더불어 살아야 앞으로 나아가도 후회가 없이 더 행복할 것이라고 말씀하셨지요, 그 말의 의미를 스물을 훌쩍 넘긴 나이에야 깨닫게 되었습니다.

어머니, 아버지는 저에게 항상 말씀하셨지요.

받은 사랑을 나눌 수 있는 사랑 많은 사람으로 지냈으면 좋겠다고. 제가 살아온 날들은 제 주변 사람들, 저와 함께 한 사람들이 행복하길 진심으로 바라며, 어머니, 아버지께서 제게 주신 사랑만큼은 아니지만 열심히 노력해 왔습니다. 그런데 되돌아보면 받은 사랑에 비해 많이 돌려주지 못한 것 같아 후회가 남습니다. 앞으로 저에게 시간이 주어진다면 후회 없이 사랑하기 위해 노력하겠습니다.

어머니, 아버지는 저에게 항상 말씀하셨지요.

하고 싶은 것은 후회하지 않도록 무엇이든 도전해 보라고. 어린 시절의 저는 부모님 덕분에 악기, 운동 등등 하고 싶거나 배우고 싶은 것들을 모두 하며 자라왔습니다. 성인이 되고 직장 생활을 하게 된 후로는 겁도 많아지고 배우는 일에 소극적이고 겁도 났는데 어머니, 아버지의 말씀을 항상 되새기며 용기를 낼 수 있었습니다. 후회 없는 인생이 어머니, 아버지의 말씀 덕분인 것 같아 이 순간까지 감사합니다.

어머니, 아버지 당신들을 제외한다면 제 인생은 남는 것이 없을 정도로 많은 가르침과 사랑을 주셔서 너무나도 감사드립니다. 제 아이들에게도 부모님 같은 부모가 되기 위하여 노력했는데 저의 아이들이 어떻게 생각할지는 모르겠네요.

사랑하는 내 동생 보경아,

내 인생을 함께해주어 진심으로 고맙다. 하고 싶고 가지고 싶은 것 많은 언니 밑에서 많이 고생하고 스트레스도 받았을 내 동생. 어떤 때는 나보다 더 어른 같고 사려 깊고 진중하고 소중한 내 동생.

언니를 많이 사랑해 주고 자랑스러워해 주어 정말 고맙다. 네가 내 옆에 있어 좋은 곳도 많이 다니고, 맛있는 것들도 많이 먹으러 갈 수 있었다. 소중한 내 동생 정말 고마워.

나의 첫 강아지 뽀미야,

사랑하는 나의 강아지 뽀미야. 다음 생에는 내 자식으로 태어나주길 바란다. 말을 못 하는 네가 얼마나 안쓰러울 때가 많았는지 모르겠다. 잘 아프지 않은 네가 아플 땐 차라리 말을 할 수 있으면 얼마나 좋을까 생각했다.

존재 자체만으로도 귀엽고 사랑스러운 너.

많이 아프지 않고 우리 옆에서 편히 눈감아 주어 정말로 고맙다. 네가 견생 동안 좋고 행복한 경험 많이 시켜주기 위하여 여행 갈 때도 데려가고 너의 행복을 위해 힘썼는데 그것이 내 욕심이 아니었길 바란다. 그리고 네가 힘들어하는 것이 아니었길 빈다. 내가 지금 세상 눈감으면 강아지 별에서 제일 먼저 마중 나올 널 기다리며 눈을 감을 것이다.

눈감는 순간에 후회하는 것들이 참 많다는데 난 나의 모든 선택에 후회하지 않는 것을 좌우명으로 하며 살아온 사람이라 후회하는 것이 없을 줄 알았으나 있습니다.

더 많이 사랑하지 못하고 베풀지 못한 것.

이 글을 보는 모든 사람이 더 많이 사랑하고 베풀며, 후회하지 않는 삶을 살았으면 합니다.

I(내향형)이지만, E(외향형)와 같은 활동을 좋아하고,

N(직관형)이지만, S(감각형)가 충만한 미래를 꿈꾸며,

F(감정형)이지만, T(논리형)와 같은 부류를 닮고 싶고,

J(확신형)이지만, P(인식형)와 같은 사람이 소중하다고 생각하는,

감사와 사랑이 있는 한 세상은 살아볼 만하다고 생각하는,

파이오니어.

정

혁

상

DDing

퍼즐 맞추기

퍼즐puzzle을 처음 손에 쥔 것은 초등학교 4학년 때이다. 바다 건너 미국으로 이민移民간 작은이모가 선물로 보내온 300개 조각 퍼즐이었는데, 형광색이 선명한 테니스공의 실오라기 하나하나를 보면서 '이걸 어떻게 맞춰?'라고 탄식하던 어린 나의 모습이 아직도 선명하다. 그 이후에도 다양하고 복잡한 퍼즐을 종종 맞추었지만, 그때마다 '내가 왜 이걸 시작했지?'라는 짧은 후회를 반복했다.

신촌의 세브란스병원을 중심으로 일하는 교직원의 숫자는 1만 명에 육박한다. 그 숫자만큼이나 다양한 구성원은 그들만의 면허와 자격 그리고 감히 넘보지 못할 경험으로 무장武裝한 전문가들이다. 빈틈없는 이론과 탄탄한 역량의 이들은 우리 병원의 가장 중요한 동력動力임에 틀림없다. 하지만 이들이 조화를 이루지 못하고 자신들의 목소리에만 집중한다면 이 큰 조직은 한 치 앞으로도 나갈 수 없을 것이다. 우리 병원과 같은 대형 병원에서 병원행정가Hospital Administrator로 일한다는 것은 이런 다양함을 조율하는, 흡사 퍼즐을 맞추는 것과도 같다.

병원에서 행정Administration의 주요한 역할이란, 다양한 직종과 많은 구성원의 이해관계를 듣고, 따져보고, 그중에서 최선의 방향을 찾는 것이다. 각 구성원의 눈높이에 맞추기 위해 최대한 노력해야 하지만, 병원의 경영을 챙기고 지속적인 성장을 먼저 염두에 두지 않으면 안 된다.

손에 쥔 퍼즐 조각을 맞췄다 떼어내는 작업을 지루하게 반복해야 한다.

원무院務부서는 병원행정의 대표적인 부서이다. 의료진, 환자 그리고 보호자와 직접 소통하고, 병원을 찾는 이들의 시작과 끝을 책임지는 중요한 역할이다. 진료 현장 가까이에서 함께 호흡하는 행정부서로는 병원의 사무팀 또는 경영지원팀을 꼽을 수 있다. 병원이 제대로 운영되도록 가장 기본적인 사항을 세팅하고 매 순간 점검한다. 이렇게 드러나는 부서와 사람들이 있는가 하면, 눈에 드러나지 않는, 구석진 사무실에서 서포터스Supporters의 역할을 묵묵히 담당하는 이들도 많다. 기획企劃, 인사人事와 교육敎育, 총무總務. 구매購買, 재무財務와 회계會計 등의 부서가 대표적이다.

이런 부서는 대부분 두툼한 서류, 다양한 정보와 씨름하는 것이 일상이다. 또 내외부 관계자들을 만나 그들의 하소연을 듣고 적정한 수용범

위를 가늠하는 일로 하루가 후딱 지나가기 일쑤다. 이렇게 속절없이 일과시간이 지나도 PC를 끌 준비가 되지 않은 경우, 야밤을 틈타 부족했던 자기 일을 마무리해야 하는 날도 심심치 않게 있다. 남들이 알아주지 않지만, 자신만의 크고 작은 퍼즐을 차곡차곡 만들어 가는 것이다.

내가 근무하는 인사기획팀도 그런 경향이 강하다. 웬만해서는 다른 부서에서 우리 팀을 찾을 일이 없다. 특히 인사팀이 인사운영팀과 인사기획팀으로 나뉜 후에는 친한 동료들도 우리 팀의 정체에 대해 궁금해한다. 그럼에도 불구하고 우리 팀을 전 교직원에게 드러내야 하는 때가 있다. 바로 인사평가人事評價와 관련해서다.

우리 팀의 주요한 업무 중의 하나가 직원들의 역량에 대해 평가하도록 하고 그 결과를 각종 업무에 반영하도록 자료화하는 것이다. 많은 직원과 다양한 직종의 숫자만큼 평가를 위한 기준을 세우고 디테일하게 적용하기는 정말 어려운 일이다. 간호사와 시설기사, 방사선사와 사무직의 업무를 어떤 기준으로 함께 평가할 수 있을까? 고민이 될 수밖에 없다. 그렇기 때문에 매년 평가를 준비하고 시행해서 마무리하기까지 말도 많고 탈도 많다. 한 해도 조용히 지나가는 경우가 없다. 퍼즐 조각을 던지고 싶은 날이 하루 이틀이 아니다.

그런데도 나는, 그리고 우리는 이 평가라는 과정에 우리만의 작은 소신을 담으려 한다. 우리가 추구하는 평가란 구성원을 단순히 점수로 단정 짓는 것이 아니라, 그 과정을 통해 모든 교직원이 스스로 성장하게 하고, 이를 통해 우리 병원이 끊임없이 발전하는 데에 도움이 되도록 하겠다는 것이다. 너무 이상적인 이야기인가? 꿈을 꿔야 하늘의 별을 딸 수 있지 않을까? 남들이 감히 생각지도 못한 퍼즐을 맞춰보고 싶다.

또 우리는 넘치는 숫자와 빡빡한 제도나 규정에 매달리는 일이 잦으며, 하루 종일 각종 데이터를 조합하고 그 속에서 답을 끌어내야 한다. 그 답은 과거를 설명해주고 앞으로 나갈 수 있도록 길을 비춰준다. 인사와 관련한 제도와 규정을 점검하여 현실을 반영시키고 조직이 더욱 정교하게 움직일 수 있도록 점검하는 일도 조직을 지탱하는 중요한 업무다. 이런 일들은 주위에 잘 드러나지 않지만, 우리가 함께 만들고자 하는 퍼즐의 완성을 위해 꼭 필요한 작업이 아닐 수 없다.

오전 6시 15분이면 사무실 문을 열고 들어서는 것은 오래된 나의 출근 습관이다. 이리저리 치이는 출근길 속 콩나물시루가 싫어서 지하철 첫차를 이용하는 나의 출근 루틴routine이 만든 결과다. 간혹 전날의 피로로 새벽의 자명종自鳴鐘이 원망스러운 때도 있지만, 이런 습관이 나의 현재와 미래를 단련할 수 있는 여유와 기회를 만들어 주었다.

매일 아침 출근과 함께 홀로 시작하는 30분은 어제를 점검하고, 오늘을 계획하는 데에 집중한다. 우리 부서의 일은 매일 깔끔하게 마무리되기보다 날을 넘기며 수정과 보강을 거듭하는 경우가 많아 혼자 정리하고 고민하는 것이 필요하다. '이 일이 아직 이만큼 남았네.', '오늘은 이 기안을 마무리해야겠다.' 등의 정리를 하다 보면 벌써 하루를 담금질한 기분이 든다. 혼자만의 조회가 끝나도 나에게는 한 시간 정도의 시간이 남는다.

선물 같은 이 시간은 대부분 나를 단련하는 데에 쏟는다. 책을 읽고, 각종 자료를 찾으며 나의 부족함을 메우는 데에 공을 들인다. 이렇게 익힌 내용을 정리하며 하루를 준비하는 데에 만전萬全을 기한다.

싸움터 같은 하루가 지나면 사무실은 또다시 나만의 시간으로 돌변한다. 다들 퇴근한 적막한 사무실에서 나의 집중력은 더욱 높아지고, 새벽에 하루를 준비했던 것처럼 일과를 정리하고 마무리하는 나만의 의식을 치른다. 새벽과 저녁, 이렇게 나를 위해 만들어 준 여벌의 시간이 나를 다독이고 나를 다진다. 사무실의 불을 끄고 '삐리릭'하며 잠금벨이 울린 후에야 비로소 나에게 물리적인 자유가 주어진다.

하지만 최근 나의 퇴근 이후는 자유롭다고 보기 어려운 날들이 많다. 나에게 주어진 또 다른 역할을 수행하기 위해 퇴근 후 대부분의 시간을 다양한 만남으로 채우기 일쑤다. 이런 새로운 만남은 새로운 일을 만들고 그렇게 만들어진 일들은 제2, 제3의 책임과 결과를 부여한다. 오랜 기간 해오고 손에 익은 병원의 일과는 달리 서툴고 익숙하지 않지만, 이 역시도 나의 삶을 풍성하게 만들기 위해 풀어가야 하는 퍼즐게임이다. 조심스러우며 조금은 불안하기도 하지만, 조심스레 퍼즐 조각을 들어 어떻게 맞춰나갈지 고민해 본다.

요즘은 혼자 있는 시간 속에서 많은 것을 얻는다. 혼자서 걷고, 혼자서 책을 읽고, 혼자서 생각하는 시간을 즐긴다. 반백의 나이를 넘기며 찾아온 미래에 대한 불안감 때문일까? 모든 시간이 소중하고 그 소중함을 즐기며, 오롯이 나의 것으로 담아내려 노력한다.

책 〈혼자 있는 시간의 힘〉의 저자 사이토 다카시의 '고독 속에서 자신의 중심을 되찾는 것이 중요하다.'는 주장에 감탄하고 공감하는 날이 쌓여간다. 병원에 의탁依託해온 생활이 주는 안정감이 서서히 불확실과 불안함이라는 퍼즐로 바뀌어 가는 듯하다.

나의 하루하루는 이렇듯 바쁘고 분주하지만, 조심스럽게 다양한 퍼즐을 맞추는 작업으로 촘촘히 짜여있다. 혹시 남들이 보기에는 '빡빡하게 사네.'라고 할지도 모르겠다. 나는 판이 없는 나만의 퍼즐을 맞추어가고 싶다. 답이 정해진 조각을 단지 옮겨 놓는 것이 아니라, 예상하지 못한 모양과 색의 퍼즐을 나만의 그림으로 만들어 가는 것 말이다. 섣불리 끼워 잘못된 조각도 문제가 되겠지만, 퍼즐 조각을 집어들 생각조차 하지 않는 게으름을 용납할 수 없다.

세브란스라는 조각을 떼어놓고 내 삶의 퍼즐게임을 완성하는 것은 상상하기 어렵다. 이렇게 병원에 나의 대부분을 의지하는 것이 옳은 일인지 모르겠지만, 세브란스 없이 지금 나의 생활을 논하는 것 역시 불가능하다.

내가 세브란스의 퍼즐 게임을 하고 있는지, 세브란스를 통해 내 하루하루의 퍼즐을 맞춰가는 것인지 헷갈리기도 한다. 하지만, 한 가지 확실한 것이 있다. 그 다양하고, 화려한 세브란스라는 퍼즐 조각이 나의 커다란 '빽'이라는 것이다. 그 형형색색의 퍼즐게임의 결과물 아래에서 오늘도 나는 나의 퍼즐 조각을 맞추고 풀기를 반복해 나가고 있다.

유언(有言) : 값

무언가를 사면 그 '값'을 치러야 한다. 그것의 가치를 인정하고 치르는 유무형의 대가代價 말이다. '오늘'이라는 하루에 우리는 얼마의 값을 치르며 살아갈까? 일주일, 한 달, 일 년 그리고 지금까지 살아온 날들에 대해서는 어떨까? 우리의 하루는 좋은 일은 더하고, 슬픈 일은 빼고, 소중한 기억은 곱하고, 아픈 기억은 나눈 결과일 듯하다.

매일 죽을 듯이 힘들다고, 더 이상 못 버티겠다는 절망 속에서도, 매순간 생生과 사死를 사이에 둔 이들과 나눈 애환 속에서 새로운 힘을 얻고, 내 존재의 의미를 발견하며 버텨낸다. 그리고 나만의 방법으로 내하루에 대한 값어치를 치른다.

우리는 이미 다양한 '값'의 무게를 짊어지고 살아간다. 몸값, 밥값, 꼴값, 이름값 등… 멜깁슨Mel Gibson 주연의 영화 '랜섬Ransom'을 통해 몸값을 영어로 '랜섬'이라고 부른다는 것과 '사람을 담보로 받는 돈'이라는 것을 배운 기억이 있다.

"네 밥값은 하고 있냐?"라는 질문과 같이, 밥값 역시 자신이 받는 대우와 역할을 잘 수행하고 있는가를 판가름하는 말이며, 꼴값 또한 보이는 모습만큼 그 값어치를 하고 있느냐며 따지는 말이다. 몸값은 '연봉'과 동일한 의미로 사용된 지 이미 오래다.

부스스한 머리와 퀭한 눈동자, 힘내라는 말조차 꺼내기 버거운 나에게, 나는 또 "오늘 밥값은 했니?"라고 스스로 다그친다. 힘들다고 엄살을 피우고, 죽겠다고 투정 부리지 말고 구체적으로 '너'와 '나'를 위해 이룬 것이 무엇이냐고 말이다.

성공, 부자, 대박 등 미디어와 SNS를 통해 쏟아지는 압박 속에서 '나만 낙오되면 어떡하지?'라는 불안함으로 오늘 하루도 건조하고 냉랭해짐을 느낀다. 아무렇지도 않게 내뱉는 자책自責은 나를 스스로 힘들고 초라하게 만들어 수면 아래로 더욱 끌어당기는 것만 같다. 나의 값어치를 반등시킬 묘수를 찾는 것이 쉽지 않다.

그럼에도 불구하고 나는 홀로 당당히 값을 치른 하루에 대해 감사와 격려, 그리고 박수를 보낸다. 타인의 눈에는 싸구려 푼돈 어치도 안되어 보일지라도, 나의 어제와 내일 그리고 오늘은 너무나 소중하며, 남들은 쉽게 찾을 수 없는 가치를 지닌, 아무리 비싼 가격표를 붙여도 아깝지 않을 날들이니까.

"그렇게 해서 언제 성공할래?", "너처럼 해서는 가망이 없어."라는 무책임한 발언은 사절한다. 나를 더 들여다보고, 나의 안목, 나의 선택, 나의 결정과 행동에 집중했던 오늘 하루에 비싼 값을 쳐주고 싶다.

또 그 값을 높이고 스스로 단단해지도록 남몰래 기울인 나의 노력에 대해서도 높은 별점을 부여한다. 정체를 알 수 없는 수많은 이야기에 흔들리지 않고 뒤돌아서 혼자 눈물 훔칠지언정, 남들 앞에서 두 발 단단히 버티고 서있는 나를 지지한다. 넓은 시각, 깊은 사고, 냉철한 판단력은 새롭게 닥칠 날들의 가치를 높이기 위해 꼭 갖추어야 할 것들이다.

너무도 절박하고 소중한 나의 하루하루를 위해 더욱더 연마하고 단련해 나갈 것이다. 이런 절박함으로 매 순간에 집중해가면 내 가격표의 무게도 점점 더 무거워지겠지? 지금은 비록 내가 가진 많은 것이 싸구려이지만, 언젠가는 돈과 시간에 허락을 구하지 않고 내 삶을 모두 고급으로 채울 수 있을 것이라 확신한다.

하지만 이렇게 값어치에 쫓기는 삶이, 그렇게 올라간 내 몸값이, 나에게 주어진 삶의 전부인 것일까? 숨 막히는 경쟁 속에서 끝도 모를 성공만 향해 달리다가 정작 주변의 소중한 것을 잃고 뒤늦게 후회하는, 돌이킬 수 없는 실수를 범하는 것은 아닐까?

헤르만 헤세의 소설 〈싯다르타〉에서 주인공 싯다르타는 고통스러운 구도求道활동과 성공적인 속세俗世를 뒤로하고 나루터의 뱃사공이 되어서야 비로소, 결국 인간이 추구해야 할 것은 '사랑'이라고 고백한다. 이 세상을 사랑하고, 업신여기지 않으며, 미워하지 않는 것 그리고 자신과 모든 존재를 사랑하는 마음으로 바라보는 것이 가장 중요함을 알게 된 것이다. 그의 깨달음 속에 성공과 승리는 언급되지 않았다.

싸구려 같은 현재를 값비싼 것으로 바꾸기 위한 노력도 중요하지만, 지금의 내 손에 있는 것에 감사하고 만족하는 마음 역시 중요하지 않을까? 오지 않은 미래에 대한 불안감에 현재를 갈아 넣고 스스로 옥죄고 주저앉지 않으며, 나에게 주어진 모든 환경에 감사하고 지금 이 순간에 더욱 집중하는 것이 진짜 나의 값을 찾아가는 과정이지 않을까?

내가 나를 사랑하고, 그 사랑이 나의 말과 행동을 통해 타인에게 조그마한 도움을 줄 수 있다면, 그것에 더 많은 값어치가 매겨진다고 생각한다. '사랑하면 알게 되고, 알면 보이나니, 그때 보이는 것은 전과 같지 않으리라.'는 〈나의 문화유산 답사기〉 유홍준 교수의 인용구처럼, 무엇보다 자신을 사랑하고 그 사랑을 통해 일신우일신日新又日新 해나가는 것이, 스스로의 값어치를 높이는 것은 물론 자신의 선한 영향력을 주변으로 물들이는 가장 현명한 길인 것이다.

떠오르면서 시작한 하루는 내려앉으며 마감하고, 걷어내며 시작한 하루는 다시 덮으면서 끝을 맺는다. 모든 일이란 오름과 내림이 있고, 어울리고 헤어지기를 반복하며 앞으로 나아간다. 우리의 하루도 다르지 않다. 오르고 내리는 일, 기쁘고 슬픈 일의 반복에 일희일비一喜一悲 하지 말자. 내면의 목소리에 더 귀를 기울이자. 동양의 '중용中庸'과 서양의 '이 또한 지나가리라gam ze ya'avor'라는 가르침은, 매일매일 주어지는 힘들고 어려운 일들이 나에게만 내려진 숙제는 아니었다고 위안이 되지 않는가.

흔들림 없이 어제를 되돌아보고 새로운 내일을 기대하며, 행복하게 값을 치른 오늘을 만들어보자. 타인의 평가에 의지하지 말고, 나만의 사랑을 통해 스스로 값어치를 높이는 데에 익숙해지자.

겨울

|4장| 따스함을 나누다

태어나주셔서 감사합니다.
낳아주셔서 감사합니다.

덕분에, 열심히 잘! 걷다가 갑니다.

주
신
애

Lucy

세브 In & OUT

〈세브 人〉

나는 출근해서 두 가지 생각으로 하루를 시작한다.

1. 세브란스병원이 나에겐 업무의 공간이지만 환자분들은 생과 직결된 아픔으로 이곳에 와있다.
2. '주어진 상황에 불평하지 말자.'이다.

이렇게 하는 이유는 내 성격이 꽤 더럽고, 참을성이 부족하다는 것을 인지하고 있기 때문이다. 나는 의무기록실에서 작성된 차트와 촬영된 영상을 발급하는 일을 한다. 글자로 나의 업무를 접한다면 굉장히 단순하지만, 환자분들과의 소통이 8할을 차지하고 있어서 매일 새롭다.

심혈관 병원 환자들은 어르신 비율이 높다. 내가 어떤 환경인지 이해하기 쉽게 표현하자면 "아가씨, 전화 받아. 보험회사에서 필요한 거 말해준대. 나는 들어도 몰라.", "여긴 어디야? 어떻게 가?", "내 거 서류 발급하는 데 돈을 왜 내? 진료카드가 신분증이지 신분증이 왜 필요해!?" 등 이런 소통을 하고 있다.

왜인지 잘 모르겠는데 기본적으로 화가 나 있다. 이곳에 오기 전 부서가 응급실이어서 상황을 받아들이는 데 큰 어려움은 없었지만, 나는 그분들을 이해하고 싶었다.

그래서 천천히 사람들을 관찰하기 시작했다. 연세가 많으신 할머니, 할아버지들이 병원 안내 종이 한 장을 들고 지도를 보면서 CD를 등록하고, 심전도실에 갔다가, 영상의학과에 갔다가, 수납하는데 그 과정들이 힘겹게 보였다. 한명 한명 보면서 어르신들은 화가 나신 게 아니라 언제 위험이 생길지도 모르는 심장을 부여잡고 긴장하고 있으셨음을 알게 되었다.

그리고 그렇다면 예민해질 수밖에 없겠다는 결론이 나왔다. 어떤 할아버지는 "늙은이는 기계 잘 모르는데 뭐가 이렇게 복잡해."라고 한숨을 푹 쉬기도 하셨는데 나는 그 모습이 속상했다. 몸이 생각대로 안 움직이는 답답함은 본인이 제일 괴로울 텐데, 치료받기까지의 과정도 어려운 임무처럼 느껴진다면 더 스트레스가 되진 않을까?

이런 생각들의 과정을 거치면서 내가 만들어 낸 나의 또 다른 업무는 '긴장 풀어드리기'이다. 나는 7남매를 낳으신 할머니의 막내 손녀이다. 그런 특성을 살려서 내가 잘할 수 있는 것은 물어본 것에 명확히 대답해드리는 것이다. 보험회사에서 원하는 서류가 복잡하니까 전화로 체크해서 발급하고, 가져가시기 전에 확인해드리면 엄청 고마워하시면서 가셨다. 또 길을 물어보실 때도 약간은 과장되게 설명해 드리면 웃으면서 가셨다. 잔뜩 긴장해 있던 이마 주름들이 퍼질 때 나는 희열을 느낀다.

K-어르신들은 작은 마음을 좋아한다는 걸 하루하루 느끼고 있다. 그래도 가끔은 두서없이 막무가내로 고집부리는 분들이 오면 참을 수 없는 분노로 초콜릿을 진탕 먹긴 하지만, 그럴 때마다 하루라는 드라마의 새로운 장면이라고 생각한다.

그래서 결론적으로 나는 내 일을 사랑한다. 위로하는 사람이 되고 싶다는 내 삶의 방향과 부합한 일을 하는 것 같아서 출근을 기다리고 퇴근을 아쉬워하고 있다. 친구들은 이런 나를 착한 사이코라고 부르더라.

〈세브 아웃(out)〉

세브란스 밖에서의 내 모습은 두 가지로 나눈다. 하나는 나의 광기를 가다듬는 것, 또 하나는 표출하는 것이다. 내가 사용하는 광기를 가다듬는 방법은 나의 취향을 찾아 재미를 느끼는 것이다.

나는 바닐라라테와 아인슈페너를 좋아한다. 바닐라라테는 시럽과 파우더에 따라 맛이 다르고, 커피 원액에 재료를 넣는 순서에 따라 맛이 다 달라진다. 아인슈페너도 크림의 농도와 에스프레소의 조화가 얼마나 잘 되는지에 따라 맛이 달라진다.

커피 맛에 만드는 사람의 기분까지도 영향을 끼치는 것이 신기하고 재밌어서 새로운 카페를 찾는 것에 큰 흥미를 느낀다. 또 작가님들 북토크 콘서트를 찾아다닌다. 내가 읽으면서 느끼는 것과 작가의 의도는 다를 수도 있기 때문에 어떤 마음으로 저자는 책을 썼는지 알고 싶어서 한남동에 있는 작은 북카페를 애용한다. 좋은 내용을 듣다 보면 스스로에 대해 피드백하게 되는데 나를 돌이켜 볼 수 있는 기회가 되어서 부정적인 광기가 누그러진다.

사회생활 하면서 숨겨두었던 나의 광기를 표출하기 딱 좋은 조건은 절친과 함께하는 시간과 공간이다. 만남과 동시에 소리부터 지르는 나의 친구들의 MBTI 성향은 EEEE인 것 같다. 내향형인 나도 함께 있을 때는 E가 되어가는 것 같다. 그렇게 아무 생각 없이 맛있는 음식을 먹고 코인노래방에 가서 막춤 몇 번 추고 푸하하 웃다 보면 지금까지 내가 혼자 고민했던 것이 아무것도 아닌 것 같아서 기운이 난다. 대화의 흐름도

서로의 관심사라서 걱정 섞인 잔소리 외에는 부정적인 내용이 거의 없다. 생각이 많은 나에게 솔직하고 시원시원한 친구들이 있어서 내 광기가 긍정적으로 변하는 것 같다.

인간은 좋은 사람과 맛있는 것을 먹을 때 가장 행복하다고 서은국 심리학과 교수님의 강연을 들은 적이 있다. 반박 없이 교수님 말이 맞는다고 생각한다. 왜냐하면 나의 광기를 가다듬는 것과 표출하는 것에 좋은 사람들과 맛있는 음식이 많이 차지하고 있고 이 과정들이 결국엔 나를 행복하게 만들어 준다는 것을 알았기 때문이다.

나는 내 일을 사랑하지만, 현실적으로 매일 행복하진 않다. 그렇기 때문에 좋아하는 취미를 찾고 회사 밖 일상에서 행복을 잡아야 내가 지치지 않고 감사하는 마음으로 일을 할 수 있음을 느꼈다. 그리고 여전히 내가 쉽게 행복할 수 있는 방법을 찾는 중이다.

유언(遺言)

順간의 곁을 지켜준 가족들, 친구들, 덕분에 보잘것없던 저의 생은 빛
이 났습니다.

저는 피해자였고, 어떤 이에게 가해자였으며, 씻을 수 없는 상처를 주
기도 했고, 누군가에게 버틸 수 있는 동기를 주기도 하던 모순적인 삶을
살았습니다. 짧은 시간을 돌이켜보니 머릿속에 많은 상황이 지나가네
요. 시골에서 뼈를 묻겠다고 큰소리치던 내가 세브란스 병원에서 글을
쓰고 있습니다. 이렇게 인생은 내 생각과 다르게 흘러왔네요.

죽기 전에 전달하고 싶은 제 메시지는, 저의 생을 여러 번 부정하면
서 찾았던, 삶이 유지되어야 하는 이유를 적어볼까 합니다. 저는 태어났
음을 인정하기까지 꽤 오랜 시간이 걸렸습니다. 사람마다 재능이 있다
고 하는데 공부를 썩 잘하는 것도 아니었고, 애매한 실력과 취미를 환경

탓만 하면서 심각한 자기혐오에 빠져있었습니다.

삶의 의미를 알아야 하루를 겨우 살아낼 수 있었는데 내 존재가 아무 의미 없다고 생각하니까 그때의 재미만 찾기 급급했습니다. 마라탕과 치킨 같은 자극적인 콘텐츠로만 머리를 채우면서 자존심만 세지고 자존감은 바닥을 쳤습니다. 이런 제가 어쩌다 변하게 되었냐면, 자격증 공부를 하며 무연고자와 행려환자를 알게 된 후였습니다.

이디야 카페에서 시험문제집을 공부하던 어느 날이었습니다. 행려환자와, 무연고자의 시체 처리 방법을 외워야 했던 저는 그 항목을 읽다가 마음의 통증을 느끼며 하루 종일 울었던 기억이 생생합니다.

저는 그들을 동정의 대상이 아닌 가치의 대상으로 생각하며 위하고 싶은데 어떻게 하면 내가 도움이 될 수 있을까 고민하며, 앞으로 나는 이분들을 위해 살고 싶다는 꿈이 생겼습니다. 하지만 저는 의지박약에 형편없는 습관들로 가득 차 있었고, 어디서부터 어떻게 고쳐야 할지 막막함을 느꼈습니다. 또 갑자기 바뀌는 것이 무슨 의미가 있나 싶어 절망하기도 했습니다. 그럼에도 우선 1년의 기간을 두고 하루 1개 미션을 가지면서 변화의 첫걸음을 내디뎠습니다.

시험을 치고, 쯔양의 먹방을 보면서 갑자기 '어? 나 뭐 하는 거지?'라는 생각이 들었습니다. 그리고 내가 누워있던 공간이 보이면서 느닷없이 청소해야겠다는 마음에 창문을 열어 환기를 시키고 방을 청소하기 시작했습니다. 그리고 집 밖에 나가서 산책하다가 뭐부터 시작해야 하는지 생각해 보며 자기 객관화를 해보았습니다.

그리고 못난 저와 마주하는 것이 생각보다 더 아프다는 걸 느꼈습니다. 몸이 아파 병원에 가면 치료하는 과정이 괴롭지만, 그것이 나를 살린다는 것과 같은 맥락으로 생각하면서 하루 1개 미션으로 작은 습관을 만들어 저의 게으름을 뜯어고쳤습니다.

저의 미션은 아주 간단했습니다. 대학교 과제 1개 하기, 마트 가서 장보기, 설거지 바로 하기, 일주일에 한 번 30분 자전거 타기, 미안하다 느껴지면 바로 사과하기 등등 일상에서 조금씩 노력했습니다. 중간에는 이 간단한 것을 귀찮아하는 저 자신이 한심해서 얼마나 무기력해지던지, 그럴 때마다 짱구 엄마처럼 자전거를 타며 생각을 비웠습니다.

그렇게 꾸준히 했던 미션들이 하루하루 모여 5년이 지났습니다. 5년의 세월 속에서 저는 1년 동안 권역응급의료센터에 근무하며 무연고자, 행려환자의 응급 대지급을 작성할 수 있었고, 제가 막연하게 생각해 왔던 현장에 실제 근무하면서 그들에게 도움이 되고 싶다는 마음을 더 견고하게 굳혔습니다. 그렇게 여러 가지 시행착오를 거쳐 세브란스병원에서 글을 쓰게 되는 기회도 주어졌습니다.

제가 이런 과정을 거치면서 전달하고자 하는 두 가지의 메시지는, 본인의 의지가 있으면 사람은 고쳐 쓸 수 있다는 것입니다. 변화의 첫걸음은 방 청소였고 작지만 좋은 습관이 모이면 자기 객관화가 되고 우선순위가 관철된다는 것입니다. 또 전의를 상실한 날에는 숨을 잘 쉬고 있기만 해도 인생의 다른 기회가 왔습니다. 저의 유언을 보는 모든 분이, 고비의 순간에는 숨만 잘 쉬어 주시길 제가 응원합니다.

그렇게 내 못난 모습을 하나하나 정리하면서 아빠의 삶을 자세히 알게 되었습니다. 한국에 절대적 빈곤이 해결된 지 얼마 안 되었던 아빠가 살았던 시간에 가족을 먹여 살려야 한다는 책임감으로 14살의 아빠는 이른 나이에 사회로 떠밀렸습니다. 감정을 표현하며 살기엔 삭막한 현실이었고, 새벽에 눈을 떠서 밤에 눈을 붙였던 아빠는 도망치고 싶어도 혼자 남을 할머니를 생각하며 솟아오르는 억울함을 눌러 놓은 채 생을 이어갔습니다.

이 사실이 조금만 더 일찍 내 마음에 닿았더라면 아빠가 덜 괴로웠지 않았을까, 제가 원망해 왔던 무뚝뚝함에 얼마나 많은 감정이 담겨 있는지 그땐 미처 몰랐습니다. 사고가 나서 병상에 누워계신 할머니를 사무치게 보고 싶어 하던 아빠가 울 때, 옆에 자리를 지키며 기도하던 엄마의 삶을 제가 기억합니다.

지난날에 저는 제 상황이 너무 커 보여서 부모님에 대해 알아보려 하지 않고 탓만 했습니다. 죄송합니다. 아빠의 삶을 글로 위로하고 싶습니다. 굴곡 많던 인생에서 그럼에도 불구하고 저를 낳아주시고 키워주셔서 감사합니다.

끝으로, 전하고 싶은 말이 있습니다.

바뀌지 않을 것 같은 현실에, 긍정적인 생각조차 할 틈이 없는 상황에 놓인 분들에게,

살아 있어 주셔서 감사하다 전하고 싶습니다.

'당신이 나의 삶의 왜?'라는 질문을 한다면 '그냥'이라고 대답하겠습니다. 이유 없이 존재 자체로 응원하는 사람이 있다는 사실로 한순간만이라도 위로가 되길 바라는 마음입니다. 당신의 오늘이 제법 괜찮았기를 소원하며 이만 줄이겠습니다.

나를 찾아준 당신의 마음이 포근하길 바라요.

차
문
영

Car

[세브 In & out]

〈세브人 – 열정과 애정〉

상급종합병원 내과 병동의 분위기는 침울하다. 자그마한 병실 안, 환자들은 성인 두세 명 누울 수 있을 법한 간격으로 겨우 커튼 한 장에 구분되어 누워있다. 그런 환자들이 보는 풍경은 어두운 커튼과 천장, 그리고 수시로 드나드는 의료진의 얼굴이 전부일 것이다.

갑자기 피를 토하거나, 심장이 멎는 등의 응급상황이 수시로 발생하고, 누군가는 상태가 호전되어 퇴원하고, 누군가는 죽음을 맞이하는 것을 목격하며 같은 병실에 누워있는 환자들은 무슨 생각을 했을까.

나는 말기 환자들이 나의 스몰 톡 한 마디에 실소라도 지어주는 게 고맙고 좋았다. 꺼져가는 삶의 불빛 아래에서 그 속도를 조금이라도 늦춰보겠다는 희망으로 무기력하게 누워서 나에게 몸을 맡기던 환자들에게 잠깐이나마 웃음을 줄 수 있다는 것이 즐겁고 보람찼다.

라운딩을 가면 눈과 손은 빠르게 움직이면서도 괜히 환자의 고향을 묻고, "대박, 정말요? 저도 거기 가봤잖아요!" 혹은 "원주민만 아는 찐 맛집 추천해 주세요!" 등 오버액션을 하며 대화를 나눴다. 깊이 있는 대화는 아닐지라도, 환자들의 작은 웃음이라도 유발하기 위한 그 짧은 시간은 내 나름의 애정과 열정이었다.

그중에서도 유독 마음이 가는 환자가 있었다. 그분을 K라고 칭하겠다. 말기 간암이던 K는 우울하고 무뚝뚝한 표정으로 누워있다가도 내가 가면 "차 선생, 왔어?"라며 아는 체해주고, 내가 웃으면 따라 웃어주었다. 입맛도 없고 쌀알이 자갈 같아서 씹고 삼키기 어렵다던 K는 내가 한 숟가락만 더 드시자고 하면 쓴웃음을 지으며 꾸역꾸역 먹어주었다. K의 보호자는 내가 담당간호사가 아닌 날에도 나를 찾아와서 제발 우리 아저씨에게 밥 좀 더 먹으라고 얘기해달라고, 차 선생님의 말은 듣지 않냐고 부탁했었다.

정말 바쁜 날에는 그게 귀찮다가도, 고작 어린 간호사의 말 한마디에 삶에 대한 의지를 다지는 환자가 더욱 마음이 쓰였다. K의 상태는 점점 더 악화되었고 결국 환자와 보호자는 연명의료 중단에 동의했다.

K가 돌아가시던 날 밤은 다시 떠올리고 싶지 않을 정도로 바쁜 날이었다. 추석 연휴라서 병동을 축소 운영했고, 밤 근무를 맡은 간호사는 나 포함 단 두 명이었다. 담당 환자 중 한 명이 갑자기 위장관 출혈로 다량의 피를 토하며 쓰러졌다. 무섭게 떨어지는 혈압을 조절하기 위해 중심정맥관을 삽입하고 혈액 주머니를 짜며 수혈을 하던 중 다른 환자는

호흡곤란을 호소했고, 또 다른 환자는 암성 통증을 호소했다.

뛰어다니는 의료진과 부산스러운 분위기에 잠 못 드는 환자들 사이에서 K는 조용히 눈을 감았다. 울부짖는 보호자의 목소리는 내 귀에 들어오지 않았다. 나는 당장 피 흘리는 환자의 출혈이 이제 그만 멈췄으면, 혈압이 올라가 줬으면, 다른 환자들의 작은 증상 하나라도 나아지기만을 바라고 있었다. 임종한 K의 시신을 기계적으로 정리하고 최대한 빠르게 장례식장에 연계했다. 그리고 나는 또 다른 환자의 상태를 살피러 뛰어가고 있었다.

그때 퇴실하던 K의 보호자가 울면서 내게 다가와 두 팔을 벌렸고, "선생님 그동안 너무 감사했어요."라고 말했다. 나는 보호자를 쳐다도 보지 않고, "보호자분, 좀 비키세요."라고 말하곤 계속 뛰었다.

정신없던 밤이 지나가고 어영부영 인계를 끝낸 후 허탈해진 아침, 내 눈에 K가 착용하던 의족이 들어왔다. 오물처리실 한편에 버려져 있던 의족은 보호자에게 "좀 비키세요."라고 말하는 매정했던 나의 모습을 상기시켰다. 그제야 K의 죽음이 현실로 다가왔다.

그날 나는 쓸쓸히 죽음을 맞이하던 환자에게도, 슬픔 중 나에게 고마움을 전하던 보호자에게도 단 한마디의 따뜻한 인사조차 전하지 못한 내 모습과 상황을 정말 많이 탓하고 후회했다.

어느덧 9년 차 간호사가 된 나는 그 기억을 잊어가고 있었다. 수많은 죽음에 무뎌졌고, 애정이고 열정이던 환자들과의 대화도 어느덧 가식적이거나 기계적으로 응대하기도 했다. 유독 몸과 마음이 지치는 날엔 좀 더 표독스럽게 대꾸하기도 하고, 돌아서 죄책감이 들 때면 나도 인간이라 어쩔 수 없었다며 스스로 합리화해버리곤 한다.

환자 한명 한명의 웃음이 소중하고 감사하던 그 시절, 그 기억을 더듬어 그때의 애정과 열정을 다시 다져본다. K가 내게 보여줬던 그 웃음과 남겨진 의족을 보며 했던 후회를 다시금 유념한다. 그리고 오늘도 내가 담당하는 환자가 나로 인해 한 번이라도 더 웃을 수 있기를 기대한다.

〈세브 In and Out − 도전〉

30대에 접어들며 새로운 것을 도전하기엔 늦어버린 기분이 압도했다. 결혼은 할 것인지, 본가에서 나와 독립할 것인지, 현재 부서에서 계속 근무할 것인지, 이 직장에서 얼마나 더 일할 것인지 모든 게 불투명해서 어떤 계획도, 목표도 잘 세워지지 않았다.

집과 병원을 오고 가는 쳇바퀴 같은 일상은 아무도 나무라지 않는데, 잘살고 있는 것 같지가 않았다. 아무것도 하고 싶지 않았는데, 뭐라도 해야 할 것 같았다. 그래서 그냥, 당장 할 수 있는 것부터 무엇이든 도전해 보기로 했다.

1. 운동이라곤 질색하던 나인데, 왠지 모를 답답한 마음에 무작정 집 앞 산에 올랐다. '미쳤다, 집에 누워나 있을걸. 토할 것 같다. 지금이라도 내려갈까.'라고 되뇌며 땅만 보고 억지로 걸었다. 마침내 정상에 도착했을 땐 내리쬐던 햇볕과 땀을 식혀주던 바람, 그리고 고층 건물들이

작게 내려다보이는 풍경에 가슴이 뻥 뚫리는 것 같은 성취감을 느꼈다. 실로 오랜만에 느껴본 무언가를 해냈다는 감정이었다. 그날 이후로 날이 좋으면 등산을 한다.

2. 유튜브 알고리즘에 이끌려 보게 된 김연아 선수의 유려한 몸짓에 반해 피겨스케이팅 덕후가 되었다. 국내외 피겨선수부터 기술까지 줄줄 외다가 피겨를 배워보고 싶다는 생각까지 했다. 하지만 유연함이라곤 1도 없는 내가 이 나이에 점프하다 넘어지기라도 하면 골로 갈 것 같아서 뜬금없이 쇼트트랙을 배우기 시작했다.

어릴 때 롤러블레이드를 타고 동네를 휘젓고 다녔던 덕분인지 막상 내가 너무 잘 타는 것이었다. 재능을 너무 늦게 알아버려서 아쉬울 정도다. 숨이 턱 끝까지 차오르며 얼음을 가를 때 피부에 닿는 차가운 공기와 스피드는 내 안의 질주 본능을 깨우고 스트레스를 날려준다. 스케이트는 매주 토요일 오전의 루틴이 되었다.

3. 나중에 어떻게 쓰일지 모르지만 미래에 대한 준비도 하고 싶었고, 선배들의 '한 살이라도 젊을 때 공부해라.'라는 애정 섞인 잔소리에 대학원 공부도 시작했다. 1학기가 시작된 지 고작 두 달 조금 넘었는데 대학원 가는 월, 화요일은 유독 하늘이 예뻐 보이고 공부만 빼면 모든 게 다 재밌다. 척척석사의 길은 멀고도 험하다.

4. 다양한 사람들을 만나보고 싶어 참여하게 된 직장 내 조직문화 개선 프로젝트로 글쓰기 모임도 운영 중이다. 다소 불편할 수도 있을 법한 직장 사람들과의 모임이지만, 글을 쓰고 생각을 나누다 보면 이렇게까지 솔직해도 되나 싶을 정도로 나에 대해 털어놓게 된다.

미처 털어놓지 못했던 내 모습을 다른 사람의 글 속에서 발견하기도 한다. 타인의 시각으로 바라본 세상이 새롭기도 하고, 한 편으로는 인간 사는 거 다 똑같다는 생각에 위안이 되기도 한다. 요즘은 이 모임이 기다려지면서도 한정된 모임 횟수가 아쉽다.

5. 현장에서 근무하고 있는 직원들이 채용 과정에 직접 참여하여 지원자들과 눈높이를 맞추고 공정성을 높이는 제도인 채용전문면접관으로도 활동하고 있다. 열심히 살아온 지원자들을 감히 평가하는 내가 부끄럽지 않게, 한명 한명의 이야기에 더 귀를 기울일 수 있게 다방면으로 먼저 고민하고 공부하게 된다.

또 직장의 선배로서 좋은 본보기가 되어주기 위해 더욱 열심히 살아야겠다고 다짐하게 된다. 매번 면접마다 소중한 기회와 역할에 참 감사하다.

무료하던 일상이 다양한 활동들로 채워졌다. 정작 한 가지라도 제대로, 잘하고 있는지는 모르겠지만 오늘도 할 일이 있고 무언가를 하고 있다는 사실 자체가 스스로 위안이 된다. 그다지 바쁘지도 않은데, 하기

싫은 일이나 계획대로 되지 않는 일이 생기면 '요즘 좀 바빠서….'라는 핑계도 댈 수 있게 되었다.

여전히 목표도 미래도 불투명하지만 오늘의 할 일은 내일의 해낸 일이 될 테니 과거의 나보다는 잘살고 있다고 칭찬해 주겠다. 미래의 나는 그 해낸 일들이 모여 또 새로운 것에 도전하고 있다면 좋겠다.

유언 (遺言)

나는 일기 쓰기를 싫어한다. 내 안의 나와 마주하는 것이, 나의 감정들을 들여다보는 일이 싫다. 조금이라도 버거운 감정들은 나중으로 미뤄두고 그냥 자고 일어나면 다 잊혀있으리라 눌러버리곤 한다. 스스로를 그저 단순하고 낙천적인 사람이라고 생각하고 싶다. 언제부턴가 나의 감정을 냉동시켜 바라보는 게 습관이 되어버린 듯하다.

이런 내가 인생 전반을 돌이켜보고 생의 마지막 말을 남겨야 한다니.

유언을 주제로 글을 쓰기로 한 지 약 한 달이 흘렀다. 갈피가 잡히지 않아서 첫 문장도 쓰지 못 한 채 시간만 보냈다. 제출 마감 시간의 압박에 못 이겨 겨우 적은 한 줄은 '그저 오늘의 할 일을, 내일의 할 일을 하며 나는 잊어줘요.'였다.

적고 나니 혼란한 세상에서 정말로 잊히고 싶다는 생각도 잠시 들었다. 그런데 '나와 관계하는 누군가가 자신을 잊어달라고 한다면 나는 쉽게 잊을 수 있을까.'라는 생각이 들며 뒤통수를 한 대 얻어맞은 기분이었다. 내가 적고도 정말이지 건방지기 짝이 없는 생각이었다. 좀 더 겸손한 자세로 다시 써보기로 했다.

「안녕, 소중한 사람들.
매 순간 감사했어요.
짧았던 나의 인생에 깊이 박혀있는 행복 몇 조각을 꺼내어 봅니다.
아홉 살 때 부모님과 떨어져 오빠와 단둘이 낯선 집에 맡겨졌던 한 달간의 프랑스 여행은 아름다웠어요. 아직도 먹자마자 웩 토했던 역겨웠던 프랑스 치즈 맛이 기억나요. 옆집 주인 몰래 살구를 따 먹던 기억도, 숲속에서 라즈베리를 따 먹던 기억도 다 너무 예쁘게 남아있어요. 그저 잼민이였던 연년생 남매를 인내로 돌봐주었던 엄마 친구 재경이모에게 감사합니다.
무작정 해리포터가 만나고 싶어 영국에 보내달라고 조르던 14살의 나에게 진짜로 주어졌던 1년간의 영국 유학은, 새로운 곳에서의 적응력을 키워준 정말 소중한 경험이었어요. 주말이면 수영을 하고 젖은 머리로 아이스크림을 사 먹으며 거닐던 해변의 바다 냄새와 샴푸 향기가 포근하게 떠올라요.
딸이 기품 있는 예술가가 되길 희망하셨던 어머니의 뜻에 따라 바이올린도, 미술도 꽤 오래 배웠어요. 바이올린 선생님만 오시면 온몸이 저리고 재미가 없었는데, 오래 배운 덕분인지 지금은 현악기 소리가 참 좋아요. 뒤늦게 클래식을 사랑하게 됐어요. 미대 입시를 준비하던 시절엔 꾀죄죄한 앞치마를 두르고 머리에 연필을 꽂고 홍대 앞을 쏘다니던 것만으로도 뭔가 특별해진 기분이었어요. 음악도, 미술도 안타깝게 재능은 없었지만요.

많이 경험하는 게 공부라고 강조하셨던 부모님 덕분에 대학교 때는 혼자 여행도 정말 많이 다녔어요. 겁도 없이 무계획으로 러시아를 여행하다 동양인 마약 운반책으로 의심받고 취조당했던 기억을 떠올리면 아직도 웃프고 황당해요. 나는 결백하니까 쫄면 안된다고 되뇌며 '아이엠 어 스튜던트. 저스트 트래블링.'이라고 말할 때 나왔던 염소 같은 목소리가 생생히 귀에 맴돕니다. 방학만 되면 훌쩍 떠나는 딸을 믿고 응원해 주신 덕분에 외로움도, 두려움도 극복하는 방법을 배우며 더 단단해졌어요.

간호사 엄마를 보며 키웠던 간호사라는 꿈은 조금 평범한 직업인지 몰라도, 나에겐 정말 간절하고 소중했어요. 좋은 직장에서 따뜻한 동료분들과 환자분들 덕분에 참 많이 성장했습니다. 간호사로 일하면서 뿌듯하고 행복했습니다.」

많은 순간과 사람들을 일일이 기록할 수는 없지만 '나'로 살아온 30여 년의 인생을 기억의 순서대로 잔잔히 떠올려 보니, 수없이 많은 감정이 매년, 매일, 매 순간마다 크고 작은 선물처럼 주어져 왔던 것 같다. 선물 같은 시간들을 고스란히 느끼고 감사하는 것에 얼마나 서툴렀는지도 알게 되었다. 유독 나의 감정엔 인색하고 타인의 감정을 예민하게 살피던 나는, 나를 바라보는 나의 시선을 회피하고 있었나 보다.

오늘부터는 나와 눈을 맞추며 살아볼 예정이다. 버거운 감정들은 외면하기보다는 '그랬구나. 가끔은 그럴 수 있어.'라고 다독여줘야겠다. 뜨겁고, 차갑고, 선선하고, 포근한 감정들을 더 사소하게 느끼고 기록하고 기억하고 싶다. 언제든 나의 계절이 진다면 '잊어달라.'는 건방진 인사 대신 남기고 싶다.

「나의 인생은 다채롭고 행복했어요.

벅차게 사랑해 줘서 고마워요.

늘 나를 나보다 과대평가해 줘서 고마워요.

'나'로 살아서 좋았습니다.

혹시라도 내가 떠오른다면 포근하게 기억해 주세요.」

모든 일들을 항상 긍정적으로 바라보며 행동했다.
또한 나의 삶 속 행동들이 나에겐 큰 이득이 없더라도
사회 구성원과 후배들에게 긍정적인 변화의 시작이길 바라며
살아왔다.

모든 일이 완벽하지 않고 부족하며 실수도 많이 했을 것이다.
하지만 적어도 하나는 확실하게 말할 수 있다.

사랑하는 딸,
내 가족에게는 절대 부끄럽게 살지 않았다.

홍

준

영

2rin

세브 인 & 아웃 – 내가 하는 일과 내가 해야 할 일

나는 분자 유전자 검사를 하는 임상병리사로 진단 검사의학과에 근무하고 있다. 유전자 검사는 일반 사람들에겐 생소할 것이다. 쉽게 생각해 보자. 나와 와이프는 둘 다 쌍꺼풀을 가지고 있다. 하지만 올해 5살인 딸은 쌍꺼풀이 없다. 자 그럼 내 딸이 아니라는 것인가? 아니다. 아직 그 유전자가 발현되지 않은 것이다.

유전자는 우리 몸의 설계도이다. 수많은 설계도가 세포 안 도서관에 저장되어 있다. 어떤 특정한 시기, 상황에 맞게 필요한 부분만 도서관의 책처럼 꺼내서 대여해 주고 그 책에 있는 내용만 만들어서 몸 밖에 표현을 해준다. 쌍꺼풀 관련된 유전자가 아닌 우리 몸에 이상을 일으킬 수 있는 유전자라면 어떠한가? 나는 몸에 문제를 일으킬 수 있는 유전자를 가졌는지, 존재한다면 얼마나 많이 발현되었는지 확인하는 검사를 하고 있다.

유전자 검사는 환자의 치료를 정밀하게 하기 위한 필수적인 검사이며, 치료하기 어려운 많은 질병을 치료할 수 있는 기술 중 하나이다. 하지만 검사 과정이 매우 까다롭고 긴 시간이 걸리며, 민감한 검사이다. 기술의 발전도 매우 빨라 항상 새로운 검사를 테스트하고, 연구해야 한다. 많은 어려움이 있지만 자부심과 사명감을 가지고 병원의 발전에 도움이 되기 위해 노력하고 있다.

　병원 밖에서의 나는 '딸바보' 한 단어로 깔끔하게 정리된다. 병원 활동 및 공식적인 활동을 제외하면 나의 모든 시간은 사랑하는 우리 딸을 위해 사용한다. 사랑이라는 올가미에 매여 당연한 것을 놓치고 실수하지 않기 위해 우리 가족이 정한 두 가지 교육 방식을 공유해 보고자 한다.

　첫 번째는 사랑에 대한 교육이다.

　TV에서 이런 내용이 자주 등장한다.

　"딸아 너는 이 세상에서 누가 제일 좋아?"

　그러면 딸은 여지없이 이런 뻔한 대답을 한다.

　"나는 이 세상에서 엄마 아빠가 제일 좋아~."

　부모들은 당연하다. 내가 사랑해 주는 만큼 확인하고 싶어 한다. 하지만 이런 행동은 아이에게 잘못된 편견을 심어 줄 수 있다. 엄마가 행복해하면 자신도 이유 없이 행복하고, 엄마가 슬퍼하면 자신도 이유 없이 슬퍼한다. 가족으로서 슬픔을 공유하고 기쁨을 같이 나누는 것과는 완전히 다른 의미이다. 서로의 아픔과 행복을 공감할 수 있어야 하지만 각자가 행복 또는 슬픔을 느끼는 행동과 상황과는 엄연히 다른 것이다.

자. 우리 딸에게 똑같은 질문을 한다.

딸아 너는 세상에서 누가 제일 좋아? 우리 딸은 1초에 망설임 없이 이야기한다.

"ㅇㅇ이요."(자신의 이름을 이야기한다.)

옆에 계시던 아버지께서 말씀하신다.

"그럼 너무 이기적으로 큰다. 지삐 모른다. 그라믄 안 돼!"

그런 걱정이 없는 것은 아니다. 하지만 타인을 배려하고 사랑을 나누는 시작은 나 자신을 먼저 알고 사랑하는 것이다. 자신에 대한 사랑 없이는 내가 무엇을 좋아하고 무엇을 싫어하는지 더 나아가 내 꿈은 무엇이고 뭘 해야 행복한지 모를 수밖에 없다. 모든 교육에 대한 시작은 자기 자신을 잘 알고, 자기 자신을 사랑하는 것이다.

두 번째는 추억에 대한 교육이다.

딸아 이번 주는 어디 갈까? 매주 한 번은 어김없이 어디든 간다. 딸이 아프지만 않으면 무조건이다. 이런 루틴이 생긴 이유는 나의 유년 시절로 거슬러 올라간다.

"아들, 아빠랑 낚시 가자."

"아들, 아빠랑 축구 보러 가자"

"아들, 해수욕장에 캠핑하러 가자."

우리 아버지가 나에게 심어준 추억들이다. 많은 사람이 이 이야기를 듣고 나면 좋았겠다, 행복했겠다는 답변이 돌아온다. 맞다. 좋았고 행복했고 아직도 그 추억을 힘들고 아플 때마다 꺼내서 따뜻한 약처럼 먹곤 한다. 그런데 이 추억들은 내가 하고 싶었던 추억이 아닌 아버지가 해줄 수 있는 추억들이었다.

나는 낚시보다는 아버지랑 바닷가에서 튜브를 타고 싶었으며, 축구 경기를 보는 것보단 아버지랑 학교 운동장에서 축구하고 싶었다. 그래서 나는 조금 더 발전된 추억 심기 프로젝트를 시작했다.

딸에게 하고 싶은 일을 일주일 동안 생각하게 하고, 일주일에 한 번은 그 일을 현실화해 준다. 딸이 하고 싶은 추억을 심어 주는 일이다. 단순해 보이지만 이 과정에서 많은 것을 자연스럽게 배워나간다. 자신이 무엇을 좋아하고 무엇을 싫어하는지, 생각을 결정하는 과정에서 타인과 의견을 나누고 자신의 의견을 표현하는 방법, 의견이 대립할 때 해결하는 방법, 결정한 일이 마음처럼 되지 않을 때 후회하고 같은 실수를 반복하지 않는 방법, 조언을 받아들이는 훈련 등 이 모든 과정을 훈련하고 연습하는 동시에 자신이 하고 싶은 행복한 추억까지 심어지는 일 석 10조의 역할을 한다.

추억엔 감가상각이 없다. 좋은 장난감을 사주지 못해도 좋은 추억은 부족하지 않게 아니 차고 넘치게 심어 주고 싶다. 그 추억이 자라고 자라서 마음이 따뜻한 딸이 되길 기원하면서 말이다.

자식을 키우는 일은 화초를 키우는 것과 같다고 한다. 물을 너무 많이 줘도 썩어 버리고, 햇빛을 너무 많이 받아도 타 버리는 화분처럼 부모는 적절한 시기에 물을 적당히 주고, 무심한 듯 햇빛을 골고루 받을 수 있게 화분의 위치만 살짝 바꿔주면 그뿐이다.

하지만 이 모든 것이 가능한 이유는 그 뿌리가 튼튼히 자리를 잘 잡고 있기 때문이다, 나는 부모로서 어떤 어려움에도 꿋꿋이 이겨 낼 수 있는 건강한 뿌리를 내릴 수 있는 교육을 하기 위해 최선을 다할 것이다.

유언(惟言) : 생각할 유, 말씀 언

유언(遺言) 죽음에 이르러 말을 남김이라는 주제를 받고 며칠을 없는 머리카락 뜯어 가며 고민 또 고민했다. 삶 자체가 무한 긍정인 나에겐 너무 어려운 단어이다. 마지막 말을 생각할수록 머릿속엔 하고 싶은 일, 하고 싶은 말들만 주위를 맴돌기 시작했다. 그리하여 생각할 유(惟)로 바꾸어 생각해 볼 만한 말을 남겨 보려고 한다.

"아빠 오늘 무슨 요일이야? 내일도 어린이집 가야 해?"

출근길 우리 딸에게 자주 듣는 말이다. 만 4살짜리 어린아이에게도 금요일은 기다려지나 보다. 이런 풍경은 비단 우리 집에서만 일어나는 일은 아닐 것이다. 맞벌이하는 집이라면 으레 비슷한 일들이 일어날 것이다. 간다. 가지 않겠다. 실랑이는 항상 애처로운 울음과 부모님의 미안함으로 끝이 난다. 애석하게도 말이다.

"아빠가 출근해야 맛있는 것 먹을 수도 있고, 좋아하는 장난감도 살 수 있어."

이건 새빨간 아주 질 나쁜 거짓말이다. 출근은 나를 위해서 하는 것이다. 부부 중 하나가 일을 하지 않더라도 힘들겠지만, 그럭저럭 살 수 있음에도 삶의 질을 높인다는 미명 아래, 팍팍한 사회에 맞벌이 안 하면 살 수 없다는 핑계 아래 우리는 아이에게 일방적인 이해를 요구하고 있다. 우리 아이들에게는 맛있는 음식, 좋은 장난감보다 엄마 품에서 눈을 뜨고, 아빠와 살 비비고 놀면서 시간을 보내는 것이 훨씬 더 가치 있고 행복한 시간일 것이다.

온갖 재롱을 떨며 감언이설로 꼬시고 꼬셔서 겨우 어린이집까지 가도 부모님 품에서 떨어지는 것은 매우 힘든 일이다. 아침 시간 어린이집은 전쟁통이 따로 없다. 울음소리는 기본이며 우리 아이들은 부모님의 바짓가랑이를 잡고, 멱살을 잡고, 머리채를 잡고 끝까지 버틴다. 부모님들은 참고 참고 또 참다가 더 이상 지체하면 지각이라고 정해놓은 마지막 시간이 되면 매정하게 뿌리치고 뒤돌아서 간다. 아이의 울음소리가 극한으로 치닫는 순간이다.

아이와 멀어지며 그 울음소리는 작아지지만, 마음속에 걱정과 눈물은 점점 커진다. 출근 후에도 아이의 마지막 얼굴의 잔상은 내 머릿속을 떠나지 않는다. 환자를 보며 일하면서도 내 머리 한편엔 아이에 대한 미안함과 그리움이 자리 잡고 있다.

"우리 아이가 기분 좋게 씩씩하게라도 어린이집에 등원하면 참 좋을 텐데…"

부모가 걱정 없이 사회생활하고 육아의 두려움을 조금이나마 덜어주기 위해서는 보육 시설(어린이집)의 역할이 중요하고 특히 어린이집 선생님의 역할이 무엇보다 중요하다. 아이가 잠자는 약 9시간을 제외하면 부모님과 대면하는 시간보다 어린이집 선생님과 대면하는 시간이 훨씬 많다. 선생님은 어찌 보면 부모보다 아이들 정서와 감정에 더 많은 영향을 주고 있다.

뉴스 속 어린이집 유아 폭행 사건은 이제 자주 등장하는 그냥 그런 사건으로 치부된다. 우리 사회 그리고 언론은 이런 사건이 발생할 때마다 폭행 교사 개인의 잘못으로 취급한다.

"어떻게 사람이 그래?"

그렇다. 기본적으로 그 선생님의 개인적인 문제를 부정할 순 없다. 하지만 그 선생님들의 처우에 대해서 한 번쯤은 생각해 볼 필요가 있다.

만 1세 반 어린이집 선생님이 돌봐야 하는 법적 어린이 수는 5명이다. 1명의 선생님이 5명의 아이를 돌봐야 한다. 만 1세 자녀를 하루라도 온전히 혼자 돌본 적 있는 부모라면 머릿속에 물음표만 생길 것이다. 그냥 보기만(see) 한다면 어려운 것 없어 보이지만 보살핌의 개념으로 생각해 보자.

아이들 밥도 먹여야 하고, 기저귀도 갈아줘야 하며, 놀이 중 서로 싸우거나 다치지 않게 적절한 교육도 해야 한다. 이건 애초부터 불가능한 미션이다. 그럼 힘든 노동의 대가는 적절히 받고 있는가?

초임 보육교사의 지급액 기준 월급은 194만 원이다. 최저시급보다 적다. 이게 현실이다. 선생님도 감정 노동자이며, 사람이다. 부모도 지치고 힘들면 아이들에게 힘든 감정을 쉽게 간파당한다. 우리는 지금 선생님들에게 너무나 과도한 직업의식만 요구하고 있다.

과연 이런 상황에서 유아 폭행 교사에게 그저 개인적인 일탈이라며 자신 있게 손가락질할 수 있겠는가? 이런 현실 속에서 "우리 아이 잘 돌봐주세요."라고 우리 사회는 말할 염치는 있는가?

아이들은 우리의 미래이다. 진부한 표현이지만 이것만큼 완벽한 표현은 없다. 아이들이 건강하고 올바른 생각을 가지고 자라야 우리는 내일을 약속할 수 있다. 아이 하나를 키우려면 온 마을이 필요하다는 옛말처럼 육아 문제는 부모들의 문제가 아닌 사회 구성원 모두의 일이며 우리가 함께 해결해 나가야 하는 문제이다. 관심을 가지고 우리 함께 웃으며 내일을 약속할 수 있기를 바란다.

글EG 1기의 문을 닫으며

정혁상

모든 일의 시작에는 기대가 따라붙는다. 그 기대의 정도에 따라 만족과 실망에 차이가 나고, 후속타를 이어갈지 아니면 멈춰서야 할지 고민을 한다. 섣부른 판단은 실망의 무게를 더하는 위험을 초래하기도 한다. 하지만 나비가 번데기를 벗고 날아오르는, 일생일대의 기회를 놓치는 잘못된 선택을 할 수도 있다.

일 년에 책 한 권 읽는 것도 버거운 사람이 글을 쓰고, 심지어 책을 내겠다고 한 결심은 각자의 우연한 기대에서 시작되었다. 어떤 이는 자신이 쓴 글을 스스로 읽어 보고 싶다는 순진함으로, 또 어떤 이는 글을 잘 쓰는 사람은 나와 어떻게 다른가 보고 싶어서 시작했다. 일이 힘들고 마음이 지쳐서 뭐든지 해야 살아남을 수 있을 것 같아서 찾은 이도 있고, 어린 시절 글 좀 써봤다는 자신감에 냉큼 달려온 이도 있다.

이러저러한 다양한 사유로 함께 모인 이들이지만 몇 가지 공통점이 있다. 세브란스라는 큰 지붕 아래 옹기종기 모여있다는 것, 그리고 그

지붕, 서까래, 기둥이 더욱 견고해지도록 다지고, 칠하고 또 광을 내는 데에 진심인 이들이다. 주어진 조건과 환경에 주눅 들지 않고, 내일은 어제와 다를 것이라는 희망을 깨물고 하루하루를 만들어 가는 이들이 가진 공통점은 바로, 끊임없는 기대를 품고 산다는 것이다.

여섯 번의 만남으로 책을 쓸 수 있다는 공고문을 보고, 다들 '정말?'이라는 반응을 보였다고 한다. 많은 이들이 거기서 '설마….'라고 뒤돌아설 때, 이들은 '혹시?'라는 기대를 했다. 그 기대는 토요일 오후, 황금 같은 시간을 스스로 헌납하게 만들었고, 없는 시간을 쪼개 부여받은 숙제를 성실히 제출하도록 만들었다. 숙제를 확인하는 시간에는 뜻하지 않은 동료의 이야기와 그 이야기를 버무려 만든 '글'을 함께 읽고 들었다. 거짓 없는 감탄이 이어졌고, 웃음과 박수와 눈물을 아낌없이 쏟아 내었다.

어차피 이들은 우열을 가리거나, 자신이 돋보이고 싶은 욕심으로 시작한 것은 아니었다. 어쩌면 이들은 자신이 처음 가졌던 기대의 정체를 정확하게 모를 수도 있다. 하지만 여섯 번의 만남을 예순 번처럼 짜내면서, 그들의 말도 안 되는 글이 책이 되어 나오는 과정을 통해, 동료에 대한 배려를 배웠다. 그들과의 공감대를 만드는 방법을 키우게 되었다. 이들이 처음 가졌던 기대보다 훨씬 쑥 커버린 두 달이 되었다. 정말이다. 키가 큰 것 같다.

마지막 모임을 갖는 날까지, 이름, 나이, 소속을 가리고 Bella, Car, Matthew, 2rin, Ezez, March, Spring, Key, Mino, lion, Lucy, DDing의 필명筆名을 사용하도록 운영한 것은 신의 한 수였다. 처음엔 '이게 가능할까?'라는 의심도 있었다. 하지만 동료의 배경이 아닌 실제 그의 모습과 그의 글에 집중할 수 있었고, 동료들의 날 것을 하나둘씩 알게 되면서 마음은 더 가까워지고, 관계는 더욱 돈독해짐을 실감하게 되었다. 같이 있는 한 공간에 온전히 집중할 수 있는 그 순간이 좋았다. 그 순간을 기대하며 준비하고 기다리는 시간이 행복했다.

　12주라는 시간이 훌쩍 지나갔다. 그 누구도 길거나 짧다고 이야기하지 않으며, 자신이 스스로 선택한 결과에 대해 만족도를 가늠할 따름이다. 그 결과는 글이 좋고 나쁘다거나 모임에 성실히 참여했다 여부의 것이 아니다. 내가 정한 기대에 스스로 얼마만큼 만족을 얻었느냐 하는 것일 뿐이다. 12주, 6번의 모임 자체로 소중한 경험이고, 잊지 못할 추억이었다.

　이들이 함께 한 시간과 그 결과는 단지 이들의 노력만으로 이룬 과실은 아니다. 이들이 모임과 글에 집중하도록 옆자리의 동료와 선후배들의 양보가 있었다. 혼자서 글을 쓸 수 있도록 토요일 오후 자신만의 시간을 허락해 준 가족들의 이해가 있었다.

　알게 모르게 이들의 행보를 응원해 준 사람들과 마음으로 빌어주는 많은 이들의 기도가 없었다면 이렇게 마무리할 수 없었을 것이다. 무엇보다 이들에게 아낌없이 이런 기회를 제공해 준 연세의료원과 인재경영실에 감사의 마음을 전하지 않을 수 없다.

글EG'라는 이름의 첫 번째 시즌이 마무리되었다. 시원섭섭하다는 출처 불명의 언어유희보다는 행복했고 아쉽다는 솔직한 마음으로 마감하려 한다. 언제나 그렇듯이 끝은 새로운 시작임을 알고 있다. 처음 만나며 품었던 기대처럼, 새로운 무언가를 또다시 도모하는 마음으로 '글EG' 1기의 문을 닫는다.

우리를 알고 있는 모든 이들에게 진심으로 감사의 마음을 남기며….

너는 어때?

초판 1쇄 발행일 ㅣ 2023년 12월 28일

지은이   ㅣ 김진수, 강보민, 김기성, 김유성, 서종한, 손지현,
            이현경, 정성안, 정혁상, 주신애, 차문영, 홍준영
펴낸곳   ㅣ 북마크
펴낸이   ㅣ 정기국
디자인   ㅣ 서용석
관리   ㅣ 안영미

주소   ㅣ 서울시 성동구 마조로 22-2, 한양대동문회관 413호
전화   ㅣ (02) 325-3691
팩스   ㅣ (02) 6442 3690
등록   ㅣ 제 303-2005-34호(2005.8.30)

ISBN   ㅣ 979-11-985296-3-3(03810)
값   ㅣ 15,000원